歷代全集叢刊／張印棟主編

蘇子由遺著彙刊

（第十三册）

（北宋）蘇轍　撰

河南人民出版社

欽定四庫全書

古史卷四十八

宋 蘇轍 撰

春申君列傳第二十五

春申君者楚人也名歇姓黄氏游學博聞事楚頃襄王頃襄王以歇為辯使於秦秦昭王使白起攻韓魏敗之於華陽禽魏將芒卯韓魏服而事秦昭王方令白起與韓魏共伐楚未行而歇適至聞秦之計當是之時秦已前使白起攻楚取巫黔中郡拔鄢郢東至竟陵頃襄王

東徙治陳楚懷王既為秦所誘入朝遂見欺留死於秦頃襄王其子也秦輕之歇恐秦王舉兵而滅楚乃上書說秦昭王曰天下莫強於秦楚今聞大王欲伐楚此猶兩虎相與鬬兩虎相與鬬而駑犬受其獘不如善楚臣請言其說臣聞物至則反冬夏是也致至則危累棊是也今大國之地偏天下有其二垂此從生民以來萬乘之地未嘗有也先帝文王莊王之身秦昭王前有惠文王武王耳今此云文王莊王則始皇父祖蓋記録者之悮耳三世不忘接地於齊以絶從親之

要令王使盛橋守事於韓盛橋以其地入秦是王不用甲不信威而得百里之地王可謂能矣王又舉甲而攻魏杜大梁之門舉河内拔燕酸棗虚桃入邢魏之兵雲翔而不敢捄王之功亦多矣王休甲息衆二年而後復之又并蒲衍首垣以臨仁平丘黄濟陽嬰城而魏氏服王又割濮磨之北注齊秦之要絶楚趙之脊天下五合六聚而不敢救王之威亦單矣王若能持功守威絀攻取之心而肥仁義之地使無後患三王不足四五伯不

足六也王若負人徒之衆仗兵革之强乘毁魏之威而欲以力臣天下之主臣恐其有後患也詩曰靡不有初鮮克有終易曰狐涉水濡其尾此言始之易終之難也何以知其然也昔智氏見伐趙之利而不知榆次之禍吳見伐齊之便而不知干隧之敗此二國者非無大功也沒利於前而易患於後也吳之信越也從而伐齊既勝齊人於艾陵還為越王禽三渚之浦智氏之信韓魏也從而伐趙攻晉陽城勝有日矣韓魏叛之殺智伯瑶

於鑿臺之下今王妬楚之不毁也而忘毁楚之强韓魏也臣為王慮而不取也詩曰大武遠宅而不涉從此觀之楚國援也隣國敵也詩云趯趯毚兎遇犬獲之他人有心余忖度之今王中道而信韓魏之善王也此正吳之信越也臣聞之敵不可假時不可失臣恐韓魏卑辭除患而實欲欺大國也何則王無重世之德於韓魏而有累世之怨焉夫韓魏父子兄弟接踵而死於秦者將十世矣本國殘社稷壞宗廟毁刳腹絶腸折頸摺頤首

身分離暴骸骨於草澤頭顱僵仆相望於境父子老弱係脰束手為羣虜者相及於路鬼神孤傷無所血食人民不聊生族類離散流亡為僕妾者盈滿海内矣故韓魏之不亡秦社稷之憂也今王資之與攻楚不亦過乎且王攻楚將惡出兵王將借路於仇讎之韓魏乎兵出之日而王憂其不返也是王以兵資於仇讎之韓魏也王若不借路於仇讎之韓魏必攻隨水右壤隨水右壤此皆廣川大水山林谿谷不食之地也王雖有之不為

得地是王有毁楚之名而無得地之實也且王攻楚之日四國必悉起兵以應王秦楚之兵構而不離魏氏將出而攻留方與銍湖陵碭蕭相故宋必盡齊人南面攻楚泗上必舉此皆平原四達膏腴之地而使獨攻王破楚以肥韓魏於中國而勁齊韓魏之强足以校於秦齊南以泗水為境東負海北倚河而無後患天下之國莫强於齊魏齊魏得地葆利而詳事下吏一年之後為帝未能其於楚王之為帝有餘矣夫以王壤土之博人徒

之衆車革之强壹舉事而樹怨於楚還令韓魏歸帝重於齊是王失計也臣為王慮莫若善楚秦楚合而為一以臨韓韓必斂手王施以東山之險帶以曲河之利韓必為關内之侯若是而王以十萬戍鄭梁氏寒心許鄢陵嬰城而上蔡召陵不往來也如此而魏亦關内侯矣王一善楚而關内兩萬乘之主注地於齊齊右壤可拱手而取也王之地一經兩海要約天下是燕趙無齊楚齊楚無燕趙也然後危動燕趙直揺齊楚此四國者不

待痛而服矣昭王曰善於是乃止白起而謝韓魏發使賂楚約為與國歇受約歸楚楚使歇與太子完入質於秦秦留之數年頃襄王病太子不得歸而楚太子與秦相應侯善於是黄歇乃説應侯曰相國誠善楚太子乎應侯曰然歇曰今楚王恐不起疾秦不如歸其太子太子得立其事秦必重而德相國無窮是親與國而得儲萬乘也若不歸則咸陽一布衣耳楚更立太子必不事秦夫失與國而絶萬乘之和非計也願相國孰慮之應

侯以聞秦王秦王曰令楚太子之傅先往問楚王之疾返而後圖之歇為楚太子計曰秦之留太子也欲以求利也今太子力未能有以利秦也歇憂之甚而陽文君子在中必立為後太子不得奉宗廟矣不如亡秦與使者俱出臣請止以死當之楚太子因變衣服為楚使者御以出關而歇守舍嘗為謝病度太子已遠秦不能追歇乃自言秦昭王曰楚太子已歸出遠矣歇當死願賜死昭王大怒欲聽其自殺也應侯曰歇為人臣出身以

徇其主太子立必用歇故不如無罪而歸之以親楚秦因遣歇歇至楚三月頃襄王卒太子完立是為考烈王元年以歇為相封為春申君賜淮北地十二縣後十五歲歇言於王曰淮北地邊齊其事急請以為郡便因并獻淮北十二縣請封於江東考烈王許之歇因城吳故墟以自為都邑是時齊有孟嘗君趙有平原君魏有信陵君方爭下士招致賓客以相傾奪輔國持權歇為楚相四年秦破趙長平軍四十餘萬五年圍邯鄲邯鄲告

急於楚楚使歇將兵往救之秦兵亦去歇相楚八年為楚北伐滅魯以荀卿為蘭陵令當是時楚復强趙平原君使人於歇歇舍之於上舍趙使欲夸楚為瑇瑁簪刀劒室以珠玉飾之請命於歇歇之客三千餘人其上客皆躡珠履以見趙使趙使大慙歇相十四年秦莊襄王立以吕不韋為相封為文信侯取東周歇相二十二年諸侯患秦攻伐無已時乃相與合從西伐秦而楚王為從長歇用事至函谷關秦出兵攻諸侯兵皆敗走考烈

王以咎歇歇以此益疎客有觀津人朱英謂歇曰人皆以楚為强而君用之弱其於英不然先君時善秦二十年而不攻楚何也秦踰黽隘之塞而攻楚不便假道於兩周背韓魏而攻楚不可今則不然魏旦暮亡不能愛許鄢陵割以與秦秦兵去陳百六十里臣之所觀者見秦楚之日鬬也楚於是去陳徙壽春而秦徙衞野王作置東郡歇由此就封於吳行相事考烈王無子歇患之求婦人宜子者進之甚衆卒無子趙人李園持其女弟

欲進之楚王聞其不宜子恐久毋寵李園求事歇為舍人已而謁歸故失期還謁歇問之狀對曰齊王使使求臣之女弟與其使者飲故失期歇曰聘入乎對曰未也歇曰可得見乎曰可於是李園乃進其女弟即幸於歇知其有身李園乃與其女弟謀園女弟承間以說歇曰楚王之貴幸君雖兄弟不如也今君相楚二十餘年而王無子即百歲後將更立兄弟兄弟更立亦各貴其故所親君又安得長有寵乎非徒然也君貴用事久多失

禮於王兄弟兄弟誠立禍且及身何以保相印江東之封乎今妾自知有身矣而人莫知妾幸君未久誠以君之重而進妾於楚王王必幸妾妾賴天有子男則是君之子為王也楚國盡可得孰與身臨不測之罪乎歇大然之乃出李園女弟謹舍而言之楚王楚王召入幸之遂生子男立為太子以李園女弟為王后楚王貴李園園用事益驕恐歇語泄陰養死士欲殺歇以滅口國人頗有知之者歇相二十五年考烈王病朱英謂歇曰世

有毋望之福又有毋望之禍今君處毋望之世事毋望之主安可以無毋望之人乎歇曰何謂毋望之福曰君相楚二十餘年矣雖名相國實楚王也今楚王病旦暮且卒而君相少主因而代立當國如伊尹周公王長而反政不即遂南面稱孤而有楚國此所謂毋望之福也歇曰何謂毋望之禍曰李園不治國而君之仇也不為兵而養死士之日久矣楚王卒李園必先入據權而殺君以滅口此所謂毋望之禍也歇曰何謂毋望之人對

曰君置臣郎中楚王卒李園必先入臣為君殺李園此所謂毋望之人也歇曰足下置之李園弱人也僕又善之且又何至此朱英知言不用恐禍及身乃亡去後十七日考烈王卒李園果先入伏死士於棘門之内歇入死士俠刺之斬其頭投之棘門外於是遂使吏盡滅其家而李園女弟初幸歇有身而入之王所生子者遂立是為楚幽王楚世家幽王悍立十年卒同母弟猶立猶庶兄負芻之徒襲殺猶而立負芻今此傳言考烈王無子春申君進李園之妹而生太子二說相反無以質其孰信然要之春申進妾以僥倖則無疑也

是歲也秦始皇帝立九年矣嫪毐亦為亂於秦覺夷其三族而呂不韋廢

蘇子曰黄歇相楚王患王無子而以已子盜其後雖使聽朱英殺李園終擅楚國亦將不免大咎何以言之秦楚立國僅千歲矣無功於民而獲罪於天天以不韋歇陰亂其嗣而與之俱斃豈區區朱英所能為哉不然以黄歇之智而朱英之言獨無槩於中乎

古史卷四十八

欽定四庫全書

古史卷四十九

宋 蘇轍 撰

范雎蔡澤列傳第二十六

范雎者魏人也字叔游說諸侯欲事魏王家貧無以自資乃先事魏中大夫須賈須賈為魏昭王使於齊雎從留數月未得報齊襄王聞雎辯口乃使人賜雎金十斤及牛酒雎辭謝不敢受須賈知之大怒以為雎持魏國陰事告齊故得此餽令雎受其牛酒還其金既歸心怒

雎以告魏相魏相魏之諸公子曰魏齊魏齊大怒使舍人笞擊雎折脅揩齒雎佯死即卷以簀置厠中賔客飲者醉更溺雎故僇辱以懲後令無妄言者雎從簀中謂守者曰公能出我我必厚謝公守者請出棄簀中死人魏齊醉曰可矣雎得出後魏齊悔復召求之魏人鄭安平聞之乃遂操雎亡伏匿更名姓曰張禄秦昭王使謁者王稽於魏安平詐為卒侍稽稽問魏有賢人可與俱遊者乎安平曰臣里中有張禄先生欲見君言天下事

其人有仇不敢晝見稽曰夜與俱來安平夜與張祿見
稽語未究稽知睢賢謂曰先生待我於三亭之南與私
約而去稽辭魏去過載睢入秦至湖關望見車騎從西
來睢曰彼來者為誰稽曰秦相穰侯東行縣邑睢曰吾
聞穰侯專秦權惡内諸侯客此恐辱我我寧且匿車中
有頃穰侯果至勞稽因立車而語曰關東有何變曰無
有又謂稽曰謁君得無與諸侯客子俱來乎無益徒亂
人國耳稽曰不敢即別去睢曰吾聞穰侯智士也其見

事遲鄉者疑車中有人忘索之於是睢下車走曰此必
悔之行十餘里果使騎還索車中無客乃已稽遂與睢
入咸陽已報使因言曰魏有張禄先生天下辯士也曰
秦王之國危於累卵得臣則安然不可以書傳也臣故
載來秦王弗信使舍食草具待命歲餘當是時昭王已
立三十六年南拔楚之鄢郢楚懷王幽死於秦東破齊
湣王嘗稱帝後去之數困三晉厭天下辯士無所信穰
侯華陽君昭王母宣太后之弟也而涇陽君高陵君皆

昭王同母弟也穰侯相三人者更將有封邑以太后故
私家富重於王室及穰侯為秦將且欲越韓魏而伐齊
綱壽欲以廣其陶封雎乃上書曰臣聞明王立政有功
者不得不賞有能者不得不官勞大者其禄厚功多者
其爵尊能治衆者其官大故無能者不敢當職有能者
亦不得隱蔽使以臣之言為可願行而益利其道以臣
之言為不可久留臣無為也語曰庸主賞所愛而罰所
惡明王則不然賞必加於有功而刑必斷於有罪今臣

之胷不足以當椹質而要不足以待斧鉞豈敢以疑事嘗試於王哉雖以臣為賤人而輕辱獨不重任臣者之無反復於王邪且臣聞周有砥砨宋有結綠梁有懸藜楚有和璞此四寶者土之所生良工之所失也而為天下名器然則聖王之所棄者獨不足以厚國家乎臣聞善厚家者取之於國善厚國者取之於諸侯天下有明主則諸侯不得擅厚者何也為其割榮也良醫知病人之死生而聖主明於成敗之事利則行之害則舍之疑

則少嘗之雖舜禹復生弗能改矣語之至者臣不敢載之於書其淺者又不足聽也意者臣愚而不概於王心耶亡其言臣者賤而不可用乎自非然者臣願得少賜游觀之間望見顏色一語無效請伏斧質於是昭王大說乃謝王稽使以傳車召雎於是雎乃得見於離宮佯為不知永巷而入其中王來而宦者怒逐之曰王至雎繆謂曰秦安得王王秦獨有太后穰侯耳欲以感怒昭王昭王至聞其與宦者爭言遂延迎謝曰寡人宜以身受

命久矣會義渠之事急寡人旦暮自請太后今義渠之
事已寡人乃得受命竊閔然不敏敬執賓主之禮睢辭
讓是日觀睢之見者羣臣莫不洒然變色易容者秦王
屏左右宮中虛無人跽而請曰先生何以幸教寡人睢
曰唯唯有間秦王復跽而請曰先生何以幸教寡人睢
曰唯唯若是者三秦王跽曰先生卒不幸教寡人邪睢
曰非敢然也臣聞昔者呂尚之遇文王也身為漁父而
釣於渭濵耳若是者交疎也已說而立為太師載與俱

歸者其言深也故文王遂收功於呂尚而卒王天下鄉使文王疎呂尚而不與深言是周無天子之德而文武無以成其王業也今臣羇旅之臣也交疎於王而所願陳者皆匡君之事處人骨肉之間願效愚忠而未知王之心也此所以王三問而不敢對者也臣非有畏而不敢言也臣知今日言之於前而明日伏誅於後然臣不敢避也大王信行臣之言死不足以為臣患亡不足以為臣憂漆身為厲被髮為狂不足以為臣恥且以五帝

之聖焉而死三王之仁焉而死五伯之賢焉而死烏獲任鄙之力焉而死成荊孟賁慶忌夏育之勇焉而死死者人之所必不免也處必然之勢可以少有補於秦此臣之所大願也臣又何患哉伍子胥橐載而出昭關夜行晝伏至於陵水無以餬其口膝行蒲伏稽首肉袒鼓腹吹篪乞食於吳市卒興吳國闔閭為伯使臣得盡謀如伍子胥加之以幽囚終身不復見是臣之說行也臣又何憂箕子接輿漆身為厲被髮為狂無益於主假使

臣得同行於箕子可以有補所賢之主是臣之大榮也臣有何恥臣之所恐者獨恐臣死之後天下見臣之盡忠而身死因以杜口裹足莫肯鄉秦耳足下上畏太后之嚴下惑於姦臣之態居深宮之中不離阿保之手終身迷惑無與昭姦大者宗廟滅覆小者身以孤危此臣之所恐耳若夫窮辱之事死亡之患臣不敢畏也臣死而秦治是臣死賢於生秦王跽曰先生是何言也夫秦國僻遠寡人愚不肖先生乃幸辱至於此是天以寡人

恩先生而存先王之宗廟也寡人得受命於先生是天所以幸先王而不棄其孤也先生奈何而言若是事無小大上及太后下至大臣願先生悉以教寡人無疑寡人也睢拜秦王亦拜睢曰大王之國四塞以為固北有甘泉谷口南帶涇渭右隴蜀左關阪奮擊百萬戰車千乘利則出攻不利則入守此王者之地也民怯於私鬬而勇於公戰此王者之民也王并此二者而有之夫以秦卒之勇車騎之衆以治諸侯譬若馳韓盧而搏蹇兎也

霸王之業可致也而羣臣莫當其位至今閉關十五年不敢窺兵於山東者是穰侯為秦謀不忠而大王之計有所失也秦王跽曰寡人願聞失計然左右多竊聽者雎恐未敢言内先言外事以觀秦王之俯仰因進曰夫穰侯越韓魏而攻齊綱壽非計也少出師則不足以傷齊多出師則害於秦臣意王之計欲少出師而悉韓魏之兵也則不義矣今見與國之不親也越人之國而攻可乎其於計疎矣且昔齊湣王南攻楚破軍殺將再辟

地千里而齊尺寸之地無得焉者豈不欲得地哉形勢不能有也諸侯見齊之罷敝君臣之不和也興兵而伐齊大破之士辱兵頓皆咎其王曰誰為此計者乎王曰文子為之大臣作亂文子出走故齊所以大破者以其伐楚而肥韓魏也此所謂借賊兵而齎盜糧者也王不如遠交而近攻得寸則王之寸也得尺亦王之尺也今釋此而遠攻不亦繆乎且昔者中山之國地方五百里趙獨吞之功成名立而利附焉天下莫之能害也今夫

韓魏中國之處而天下之樞也王其欲霸必親中國以為天下樞以威楚趙楚强則附趙趙强則附楚楚趙皆附齊必懼矣齊懼必卑辭重幣以事秦齊附而韓魏因可虜也昭王曰吾欲親魏久矣而魏多變之國也寡人不能親請問親魏奈何對曰王卑詞重幣以事之不可則割地而賂之不可因舉兵而伐之王曰寡人敬聞命矣乃拜雎為客卿謀兵事卒聽雎語使五大夫綰伐魏拔懷後二歲拔邢丘雎復說昭王曰秦韓之地形相錯

如繡秦之有韓也譬如木之有蠹也人之有心腹之病也天下無變則已天下有變其為秦患者孰大於韓乎王不如收韓昭王曰吾固欲收韓韓不聽為之柰何對曰韓安得無聽乎王下兵而攻滎陽則鞏成皋之道不通北斷太行之道則上黨之師不下王一興兵而攻滎陽則其國斷而為三夫韓見必亡安得不聽乎若韓聽而霸事因可慮矣王曰善且欲發使於韓雎日益親因請間說曰臣居山東時聞齊之有田文不聞其有王也

聞秦之有太后穰侯華陽高陵涇陽不聞其有王也夫擅國之謂王能利害之謂王制殺生之威之謂王今太后擅行不顧穰侯出使不報華陽涇陽等擊斷無諱高陵進退不請四貴備而國不危者未之有也為此四貴者下乃所謂無王也然則權安得不傾令安得從王出乎臣聞善治國者乃內固其威而外重其權穰侯使者操王之重決制於諸侯剖符於天下征敵伐國莫敢不聽戰勝攻取則利歸於陶國弊御於諸侯戰敗則結怨

於百姓而禍歸於社稷詩曰木實繁者披其枝披其枝
者傷其心大其都者危其國尊其臣者卑其主崔杼淖
齒管齊射王股擢王筋懸之於廟梁宿昔而死李兌管
趙囚主父於沙丘百日而餓死今臣聞秦太后穰侯用
事高陵華陽涇陽佐之卒無秦王此亦淖齒李兌之類
也且夫三代所以亡國者君專授政縱酒馳騁弋獵不
聽政事其所授者妬賢嫉能御下蔽上以成其私不為
主計而主不覺悟故失其國今自有秩以上至諸大吏

下及王左右無非相國之人者見王獨立於朝臣竊為王恐萬世之後有秦國者非王子孫也昭王聞之大懼曰善於是廢太后逐穰侯高陵華陽涇陽君於關外秦王乃拜睢為相收穰侯之印使歸陶因使縣官給車牛以徙千乘有餘到關關閲其寶器珍怪多於王室秦封睢以應號為應侯時昭王四十一年也睢既相秦秦號曰張禄而魏不知以為范睢已死久矣魏聞秦且東伐韓魏使須賈於秦睢聞之為微行敝衣間步之邸見須

賈須賈見之而驚曰范叔固無恙乎雎曰然須賈笑曰
范叔有說於秦耶曰不也雎前日得過於魏相故亡逃
至此安敢說乎須賈曰今叔何事雎曰臣為人庸賃須
賈意哀之留與坐飲食曰范叔一寒如此哉乃取其一
綈袍以賜之須賈因問曰秦相張君公知之乎吾聞幸
於王天下之事皆決於相君今吾事之去留在張君孺
子豈有客習於相君者哉雎曰主人翁習知之唯雎亦
得謁雎請為君見於張君須賈曰吾馬病車折軸非大

車駟馬吾不出雎曰願為君借大車駟馬於主人翁雎歸取大車駟馬為須賈御之入秦相府府中望見有識者皆避匿須賈怪之至相舍門謂須賈曰待我我為君先入通於相君須賈待門下持車良久問門下曰范叔不出何也門下曰無范叔須賈曰鄉者與我載而入者門下曰乃吾相張君也須賈大驚自知見賣乃肉袒膝行因門下人謝罪於是雎盛帷帳侍者甚衆見之須賈頓首言死罪曰賈不意君能自致於青雲之上賈不敢

復讀天下之書不敢復與天下之事賈有湯鑊之罪請自屏於胡貊之地唯君死生之睢曰汝罪有幾曰擢賈之髪以續賈之罪尚未足睢曰汝罪有三耳昔者楚昭王時而申包胥為楚卻吳軍楚王封之以荆五千户包胥辭不受為丘墓之寄於荆也今睢之先人丘墓亦在魏公前以睢為有外心於齊而惡睢於魏齊公之罪一也當魏齊辱我於廁中公不止罪二也更醉而溺我公其何忍乎罪三矣然公之所以得無死者以綈袍戀戀有

故人之意故釋公乃謝罷入言之昭王罷歸須賈須賈辭雎大供具盡請諸侯使與坐堂上食飲甚設而坐須賈於堂下置莝豆其前令兩黥徒夾而馬食之數曰為我告魏王急持魏齊頭來不然者我且屠大梁須賈歸以告魏齊魏齊恐亡走趙匿平原君所雎既相王稽謂雎曰事有不可知者三有不可奈何者亦三宮車一日晏駕是事之不可知者一也君卒然捐舘舍是事之不可知者二也使臣卒然填溝壑是事之不可知者三也

宫車一日晏駕君雖恨於臣無可奈何君卒然捐舘舍君雖恨於臣亦無可奈何使臣卒然填溝壑君雖恨於臣亦無可奈何睢不懌乃入言於王曰非王稽之忠莫能納臣於函谷關非大王之賢聖莫能貴臣今臣官至於相爵在列侯王稽之官尚止於謁者非其納臣之意也昭王召稽拜為河東守三歳不上計又任鄭安平昭王以為將軍睢於是散家財物盡以報所嘗困戹者一飯之德必償睚眦之怨必報睢相秦二年昭王之四十

二年東伐韓少曲高平拔之昭王聞魏齊在平原君所欲為雎必報其仇乃詳為好書遺平原君曰寡人聞君之高義願與君為布衣之友君幸過寡人寡人願與君十日之飲平原君畏秦且以為然而入秦見昭王昭王與平原君飲數日謂平原君曰昔周文王得呂尚以為太公齊桓公得管夷吾以為仲父今范君亦寡人之叔父也范君之讎在君之家願使人歸取其頭來不然吾不出君於關平原君曰貴而為友者為賤也富而為交

者為貧也夫魏齊者勝之友也在固不出也今又不在
臣所昭王乃遺趙王書曰王之弟在秦范君之讎魏齊
在平原君之家王使人疾持其頭來不然吾舉兵而伐
趙又不出王之弟於關趙孝成王乃發卒圍平原君家
急魏齊夜亡出見趙相虞卿虞卿度趙王終不可說乃
解其相印與魏齊亡間行念諸侯莫可以急抵者乃復
走大梁欲因信陵君以走楚信陵君聞之畏秦猶豫未
肯見曰虞卿何如人也時侯嬴在旁曰人固未易知知

人亦未易也夫虞卿躡屩擔簦一見趙王賜白璧一雙黄金百鎰再見拜為上卿三見卒受相印封萬户侯當此之時天下爭知之夫魏齊窮困過虞卿虞卿不敢重爵禄解相印捐萬户侯而間行急士之窮而歸公子公子曰何如人人固不易知知人亦未易也信陵君大慙駕如野迎之魏齊聞信陵君之初難見之大怒而自剄趙王聞之卒取其頭予秦秦昭王乃出平原君歸趙昭王四十三年秦攻韓汾陘拔之因城河上廣武後五年昭

王用睢謀縱反間賣趙趙以其故令馬服子代廉頗將秦大破趙於長平遂圍邯鄲已而與武安君白起有隙言而殺之任鄭安平使將擊趙鄭安平為趙所困急以兵二萬人降趙睢席藁請罪秦之法任人而所任不善者各以其罪罪之於是應侯罪當收三族昭王恐傷睢意乃下令國中有敢言鄭安平事者以其罪罪之而加賜睢食物日益厚以順適其意後二歲王稽為河東守與諸侯通坐法誅睢日益以不懌睢封在汝南既而陷

於韓昭王謂雎曰君亡國亦憂之乎雎曰臣不憂也王
曰何故曰梁人有東門吳者其子死而不憂其相室曰
公之愛子天下無有今子死而不憂何也東門吳曰吾
嘗無子無子之時不憂今子死乃即與無子同耳吾何
憂臣嘗為梁餘子矣為餘子之時不憂今亡汝南乃與
為梁餘子同也臣何為憂昭王以為不然以告蒙驁曰
寡人一城圍食不甘卧不便蓆應侯亡地而言不憂此
豈情也驁曰臣請得其情因往見雎曰驁欲死雎曰何

謂也曰秦王師君天下莫不聞況秦國乎今鷙勢得為秦將將兵以韓之細而顯奪君地鷙尚奚生雎起拜之曰願委之卿鷙以報昭王自是雎每言韓事昭王弗聽昭王臨朝歎息雎進曰臣聞主憂臣辱主辱臣死今大王中朝而憂臣敢請其罪昭王曰吾聞楚之鐵劒利而倡優拙夫鐵劒利則士勇倡優拙則思慮遠夫以遠思慮而御勇士吾恐楚之圖秦也夫物不素具不可以應卒今武安君既死而鄭安平等畔内無良將而外多敵

國吾是以憂欲以激勵雎懼不知所出蔡澤聞之往入
秦
蔡澤者燕人也游學干諸侯小大甚衆不遇而從唐舉
相曰吾聞先生相李兑曰百日之内持國秉政有之乎
曰有之曰若臣者何如唐舉孰視而笑曰先生曷鼻巨
肩魋顔蹙齃膝攣吾聞聖人不相殆先生乎澤知舉戲
之乃曰富貴吾所自有吾所不知者壽也願聞之舉曰
先生之壽從今以往者四十三歲澤笑謝而去謂其御

者曰吾持粱齧肥躍馬疾驅懷黃金之印結紫綬於要
揖讓人主之前食肉富貴四十三年足矣去之趙見逐
入韓魏遇奪釜鬲於塗聞范雎任鄭安平王稽皆負重
罪於秦雎内慙澤乃西入秦將見昭王使人宣言以感
怒雎曰燕客蔡澤天下雄俊宏辯智士也彼一見秦王
秦王必困君而奪君之位雎聞曰五帝三代之事百家
之説吾既知之衆口之辯吾皆摧之是惡能困我而奪
我位乎使人召澤入則揖雎雎固不怏及見之又倨雎

因讓之曰子常宣言欲代我相秦事有之乎對曰然雎曰請聞其説澤曰吁君何見之晚也夫四時之序成功者去夫人生百體堅强手足便利耳目聰明而心聖智豈非士之願與雎曰然澤曰質仁秉義行道施德得志於天下懷樂敬愛而尊慕之皆願以為君王豈不辯智之期與雎曰然澤復曰富貴顯榮成理萬物使各得其所性命壽長終其天年而不夭傷天下繼其統守其業傳之無窮名實純粹澤流千里世世稱之而無絶與天

地終始豈道德之符而聖人所謂吉祥善事者與雎曰然澤曰若夫秦之商君楚之吳起越之大夫種其卒然亦可願與雎知澤之欲困已以說復謬曰何為不可夫公孫鞅之事孝公也極身無貳慮盡公而不顧私設刀鋸以禁姦邪信賞罰以致治披腹心示情素蒙怨咎欺舊友奪魏公子卬安秦社稷利百姓卒為秦禽將破敵攘地千里吳起之事悼王也使私不得害公讒不得蔽忠言不取苟合行不取苟容不為危易行行義不避難

然為霸主强國不辭禍凶大夫種之事越王也主雖困
辱悉忠而不解主雖絶亡盡能而弗離成功而弗矜貴
富而不驕怠若此三子者固義之至也忠之節也是故
君子以義死難視死如歸生而辱不如死而榮士固有
殺身以成名唯義之所在雖死無所恨何為不可哉蔡
澤曰主聖臣賢天下之盛福也君明臣直國之福也父
慈子孝夫信妻貞家之福也故比干忠而不能存殷子
胥智而不能完吳申生孝而晉國亂是皆有忠臣孝子

而國家滅亂者何也無明君賢父以聽之故天下以其君父為僇辱而憐其臣子今商君吳起大夫種之為人臣是也其君非也故世稱三子致功而不見德豈慕不遇世死乎夫待死而後可以立忠成名是微子不足仁孔子不足聖管仲不足大也夫人之立功豈不期於成全邪身與名俱全者上也名可法而身死者其次也名在僇辱而身全者下也於是應侯稱善蔡澤少得間因曰夫商君吳起大夫種其為人臣盡忠致功則可願矣

閎夭事文王周公輔成王也豈不亦忠聖乎以君臣論之商君吳起大夫種其可願孰與閎夭周公哉雎曰商君吳起大夫種弗若也蔡澤曰然則君之主慈仁任忠惇厚舊故其賢智與有道之士為膠漆義不倍功臣孰與秦孝公楚悼王越王乎雎曰未知何如也澤曰今主親忠臣不過秦孝公楚悼王越王君之設智能為主安危修政治亂强兵批患折難廣地殖穀富國足家强主尊社稷顯宗廟天下莫敢欺犯其主主之威蓋震海内

功彰萬里之外聲名光輝傳於千世君孰與商君吳起
大夫種睢曰不若澤曰今主之親忠臣不忘舊故不若
孝公悼王句踐而公之功績愛信親幸又不若商君吳
起大夫種然而君之祿位貴盛私家之富過於三子而
身不退者恐患之甚於三子竊為君危之語曰日中則
移月滿則虧物盛則衰天地之常數也進退盈縮與時
變化聖人之常道也故國有道則仕國無道則隱聖人
曰飛龍在天利見大人不義而富且貴於我如浮雲今

君之怨已雠而德已報意欲至矣而無變計竊為君不取也且夫翠鵠犀象其處勢非不遠死也而所以死者惑於餌也蘇秦智伯之智非不足以辟辱遠死也而所以死者惑於貪利不止也是以聖人制禮節欲取於民有度使之以時用之有止故志不溢行不驕常與道俱而不失故天下承而不絶昔者齊桓公九合諸侯一匡天下至於葵丘之會有驕矜之志畔者九國吳王夫差兵無敵於天下勇强以輕諸侯陵齊晉故遂以殺身亡

國夏育太史噭叱呼駭三軍然而身死於庸夫此皆乘至盛而不返道理不居卑退處儉約之患也夫商君為秦孝公明法令禁姦本尊爵必賞有罪必罰平權衡正度量調輕重決裂阡陌以靜生民之業而一其俗勸民耕農利土一室無二事力田稸積習戰陳之事是以兵動而地廣兵休而國富故秦無敵於天下立威諸侯秦國之業功已成矣而遂以車裂楚地方數千里持戟百萬白起率數萬之師以與楚戰一戰舉鄢郢以燒夷陵

再戰南并蜀漢又越韓魏而攻强趙北坑馬服誅屠四十餘萬之衆盡之於長平之下流血成川沸聲若靁遂入圍邯鄲使秦有帝業楚趙天下之强國而秦之仇敵也自是之後楚趙皆懾伏不敢攻秦者白起之勢也身所服者七十餘城功已成矣而遂賜劒死於杜郵吳起為楚王立法卑減大臣之威重罷無能廢無用捐不急之官塞私門之請一楚國之俗禁游客之民精耕戰之士南收楊越北并陳蔡破横散從使馳説之士無所開

其口禁朋黨以厲百姓定楚國之政兵震天下威服諸
侯功已成矣而卒枝解大夫種為越王深謀遠計免會
稽之危以亡為存因辱為榮墾草入邑辟地殖穀率四
方之士專上下之力輔句踐之賢報夫差之讎卒禽勁
吳令越成霸功已彰而信矣句踐終負而殺之此四子
者功成不去禍至於此此所謂信而不能詘往而不能
返也范蠡知之超然辟世長為陶朱公君獨不覿夫博
者乎或欲大投或欲分功此皆君之所明知也今君相

秦計不下席謀不出廊廟坐制諸侯利施三川以實宜陽決羊腸之險塞太行之道又斬范中行之塗六國不得合從棧道千里通於蜀漢使天下皆畏秦秦之欲得矣君之功極矣此亦秦之分功之時也如是而不退則商君白公吳起大夫種是也吾聞之鑒於水者見面之容鑒於人者知吉與凶書曰成功之下不可久處四子之禍君何居焉君何不以此時歸相印讓賢者而授之退而巖居川觀必有伯夷之廉長為應侯世世稱孤而

有許由延陵季子之讓喬松之壽孰與以禍終哉即君何居焉忍不能自離疑不能自決必有四子之禍矣易曰亢龍有悔此言上而不能下信而不能詘往而不能自返者也願君孰計之雎曰善吾聞欲而不知止失其所以欲有而不知足失其所以有先生幸教雎敬受命於是乃延入坐為上客後數日入朝言於昭王曰客新有從山東來者曰蔡澤其人辯士明於三王之事五伯之業世俗之變足以寄秦國之政臣之見人甚衆莫及

臣不如也臣敢以聞昭王召見與語大說之拜為客卿
雎因謝病請歸相印昭王强起之雎遂稱病篤雎免相
昭王新說澤計畫遂拜為秦相東收周室澤相秦數月
人或惡之懼誅乃謝病歸相印號為綱成君居秦十餘
年事昭王孝文王莊襄王卒事始皇帝為秦使於燕三
年而燕使太子丹入質於秦
蘇子曰范雎相秦其所以利秦者少而害秦者多以魏
冉之専忘其舊勲而逐之可也而并逐宣太后使昭王

以子絶母不已甚乎宣太后之於秦非有鄭武姜莊襄后之惡也鄭武姜莊襄后猶不可絶而睢勇絶之獨不愧潁考叔茅焦乎及睢任秦事殺白起而用王稽鄭安平使民怨於内兵折於外曽不若魏冄之一二以予觀之范睢蔡澤自為身謀取卿相可耳未見有益於秦也

古史卷四十九

欽定四庫全書

古史卷五十

宋　蘇轍　撰

樂毅列傳第二十七

樂毅其先樂羊為魏文侯將伐取中山魏封以靈壽羊死葬於靈壽其後子孫因家焉中山復國至趙武靈王時復滅中山而樂氏後有樂毅毅賢好兵趙人舉之及武靈有沙丘之亂乃去趙適魏聞燕昭王以子之之亂而齊大敗燕將報之患國小僻遠力不能致於是屈身

下士先禮郭隗以招賢者毅於是為魏昭王使於燕燕
王以客禮待之毅辭讓遂委質為臣昭王以為亞卿當
是時齊湣王強南敗楚相唐昧於重丘西摧三晉於觀
津遂與三晉擊秦助趙滅中山破宋廣地千餘里與秦
昭王爭重為帝已而復歸之諸侯皆欲背秦而服於齊
湣王自矜百姓弗堪於是昭王問伐齊之事毅對曰齊
霸國之餘業也地大人衆未易獨攻也王必欲伐之莫
如與趙及楚魏於是使毅約趙惠文王別使連楚魏令

趙唱秦以伐齊之利諸侯害湣王之驕暴皆爭合從與
燕伐齊毅還報昭王悉起兵使毅為上將軍趙惠文王
以相國印授毅毅於是并護趙楚魏韓燕之兵以伐齊
破之濟西諸侯兵罷歸而燕軍獨追至于臨菑湣王之
敗濟西亡走保莒毅獨留徇齊齊皆城守毅攻入臨菑
盡取齊寶財物祭器輸之燕昭王大說親至濟上勞軍
行賞饗士封毅於昌國號為昌國君於是昭王收齊鹵
獲以歸而使毅復以兵平齊城之不下者毅留徇齊五

歲下齊七十餘城皆為郡縣以屬燕唯獨莒即墨未服
會昭王死子惠王立惠王自為太子時嘗不快於毅及
即位齊田單聞之乃縱反間於燕曰齊城不下者兩城
耳然所以不早拔者聞樂毅與燕新王有隙欲連兵且
留齊南面而王齊齊之所患唯恐他將之來耳惠王固
已疑毅得齊反間乃使騎刼代將而召毅毅畏誅遂西
降趙趙封毅於觀津號曰望諸君尊寵之以警動於燕
齊齊田單後與騎刼戰果設詐誑燕軍遂破騎刼於即

墨下而轉戰逐燕北至河上盡復得齊城而迎襄王於莒入於臨菑惠王後悔使騎劫代毅以故破軍亡將失齊又恐毅之降趙恐趙用毅而乘燕之弊以伐燕惠王乃使人讓毅且謝之曰先王舉國而委將軍將軍為燕破齊報先王之讎天下莫不震動寡人豈敢一日忘將軍之功哉會先王棄羣臣寡人新即位左右誤寡人寡人之使騎劫代將軍為將軍久暴露於外故召將軍且休計事將軍過聽以與寡人有隙遂捐燕歸趙將軍自

為計則可矣而亦何以報先王之所以遇將軍之意乎
毅報遺惠王書曰臣不佞不能奉承王命以順左右之
心恐傷先王之明有害足下之義故遁逃走趙今足下
使人數之以罪臣恐侍御者不察先王之所以畜幸臣
之理又不白臣之所以事先王之心故敢以書對臣聞
聖賢之君不以祿私親其功多者賞之其能當者處之
故察能而授官者成功之君也論行而結交者立名之
士也臣竊觀先王之舉也見有高世主之心故假節於

魏以身得察於燕先王過舉厠之賔客之中立之羣臣之上不謀父兄以為亞卿臣竊不自知自以為奉令承教可幸無罪故受令而不辭先王命之曰我有積怨深怒於齊不量輕弱而欲以齊為事臣曰夫齊霸國之餘業而最勝之遺事也練於兵甲習於戰攻王若欲伐之必與天下圖之莫若結於趙且又淮北宋地楚魏之所欲也趙若許而約四國攻之齊可大破也先王以為然具符節南使臣於趙顧反命起兵擊齊以天之道先王

之靈河北之地隨先王而舉之濟上濟上之軍受命擊齊大敗齊人輕卒鋭兵長驅至國齊王遁而走莒僅以身免珠玉財寶車甲珍器盡收入於燕齊器設於寧臺大吕陳於元英故鼎反乎磨室薊丘之植植於汶篁自五伯已來功未有及先王者也先王以為慊於志故裂地而封之使得比小國諸侯臣竊不自知自以為奉命承教可幸無罪是以受命不辭臣聞聖賢之君功立而不廢故著於春秋蚤知之士名成而不毁故稱於後世若先

王之報怨雪耻夷萬乘之强國收八百歲之蓄積及至
棄羣臣之日餘教未衰執政任事之臣修法令慎庶孽
施及乎萌隷皆可以教後世臣聞之善作者不必善成
善始者不必善終昔伍子胥説聽於闔閭而吳王逺迹
至郢夫差弗是也賜之鴟夷而浮之江吳王不寤先論
之可以立功故沉子胥而不悔子胥不早見主之不同
量是以至於入江而不化夫免身立功以明先王之迹
臣之上計也離毁辱之誹謗墮先王之名臣之所大恐

也臨不測之罪以幸為利義之所不敢出也臣聞古之君子交絶不出惡聲忠臣去國不絜其名臣雖不佞數奉教於君子矣恐侍御者之親左右之説不察疏遠之行故敢獻書以聞唯君王之留意焉於是燕王復以毅子間為昌國君而毅往來復通燕燕趙以為客卿毅卒於趙間居燕三十餘年燕王喜用其相栗腹之計欲攻趙以問間間曰趙四戰之國也其民習兵伐之不可燕王不聽遂伐趙趙使廉頗擊之大破栗腹之軍於鄗禽

栗腹樂乘樂乘者間之宗也於是間奔趙趙遂圍燕燕重割地以與趙和趙乃解而去燕王恨不用間間既在趙乃遺間書曰紂之時箕子不用犯諫不怠以冀其聽商容不達身祇辱焉以冀其變及民志不入獄囚自出然後二子退隱故紂負桀暴之累二子不失忠信之名何者其憂患之盡矣今寡人雖愚不若紂之暴也燕民雖亂不若殷民之甚也室有語不相盡以告鄰里二者寡人不為君取也間與乘怨燕不聽其計二人卒留趙

趙封乘為武襄君其明年乘與廉頗為趙圍燕燕重禮以和乃解後五歲趙孝成王卒襄王使樂乘代廉頗廉頗攻樂乘樂乘走廉頗亡入魏其後十六年而秦滅趙其後二十餘年漢高祖過趙問樂毅有後世乎對曰有樂叔高帝封之樂鄉號曰華成君毅之孫也而樂氏之族有樂瑕公樂臣公趙且為秦所滅亡之齊高密樂臣公善修黃帝老子之言顯聞於齊稱賢師其本師號曰河上丈人不知其所出河上丈人教安期生安期生教毛翕公

毛翕公教樂瑕公樂瑕公教樂臣公樂臣公教蓋公蓋
公教於齊高密膠西為曹相國師

蘇子曰梁惠王拔趙邯鄲而齊宣王敗之馬陵虜其太
子申齊湣王滅宋而五國伐齊湣王出死於莒何者無
德而有功諸侯之所共疾兵之招也故非有功之難而
有以保其功之難耳樂毅為燕合諸侯破齊殺湣王舉
全齊之富而歸之燕徇齊五年下七十餘城惟莒即墨
未服兵久於外而燕人無怨心諸侯無異議其所以鎮

撫内外必有道矣湣王之暴神人之所共棄而伐齊之利諸侯之所共有此固毅之本計歟至與莒即墨相持田單拒之五年而不決此非戰之罪勇智相敵勢固然耳廉頗拒王齕於長平司馬懿拒諸葛亮於岐山智均力敵雖有小負莫肯先決而要之以久使毅不遭惠王之隙以燕齊之衆而臨二城磨以歲月雖田單之智將何能為乎其勢如燕將之守聊愈久而愈困耳至夏侯元不達兵勢以謂毅不下二城將以成王者之業此書

生之論非其實也

古史卷五十

欽定四庫全書

古史卷五十一　　　　　宋　蘇轍　撰

廉頗藺相如列傳第二十八

廉頗者趙之良將也趙惠文王十六年廉頗為趙將伐齊大破之取晉陽拜為上卿以勇氣聞於諸侯藺相如者趙人也為趙宦者令繆賢舍人趙惠文王時得楚和氏璧秦昭王聞之使人遺趙王書願以十五城請易璧趙王與廉頗諸大臣謀欲予秦秦城恐不可得徒見欺

欲勿予即患秦兵之來計未定求人可使報秦者未得繆賢曰臣舍人藺相如可使王問何以知之對曰臣嘗有罪竊計欲亡走燕相如止臣曰君何以知燕王臣語曰臣嘗從大王與燕王會境上燕王私握臣手曰願結友以此知之故欲往相如謂臣曰夫趙强而燕弱而君幸於趙王故燕王欲結於君今君乃亡趙走燕燕畏趙其勢必不敢留君而束君歸趙矣君不如肉袒伏斧質請罪則幸脫矣臣從其計大王亦幸赦臣臣竊以為其

人勇士有智謀宜可使於是王召見問相如曰秦王以十五城請易寡人之璧可予否相如曰秦强而趙弱不可不許王曰取吾璧不予我城奈何相如曰秦以城求璧而趙不許曲在趙趙予璧而秦不予趙城曲在秦均之二策寧許以負秦曲王曰誰可使者相如曰王必無人臣願奉璧往使城入趙而璧留秦城不入臣請完璧歸趙趙王於是遂遣相如奉璧西入秦秦王坐章華臺見相如相如奉璧奏秦王秦王大喜傳以示美人及左

右左右皆呼萬歲相如視秦王無意償趙城乃前曰璧
有瑕請指示王王授璧相如因持璧却立倚柱怒髮上
衝冠謂秦王曰大王欲得璧使人發書至趙趙王悉召
羣臣議不欲予秦璧臣以為布衣之交尚不相欺況大
國乎且以一璧之故逆強秦之歡不可於是趙王乃齋
戒五日使臣奉璧拜送書於庭何者嚴大國之威以修
敬也今臣至大王見臣列觀禮節甚倨得璧傳之美人
以戲弄臣臣觀大王無意償趙王城邑故臣復取璧大

王必欲急臣臣頭今與璧俱碎於柱矣相如持其璧睨柱欲以擊柱秦王恐破璧乃辭謝固請召有司案圖指從此以往十五郡予趙相如度秦王特以詐佯為予趙城實不可得乃謂秦王曰和氏璧天下所共傳寶也趙王恐不敢不獻趙王送璧時齋戒五日今大王亦宜齋戒五日設九賔於庭臣乃敢上璧秦王度之終不可强奪遂許齋五日舍相如廣成傳舍相如度秦王雖齋决負約不償城乃使其從者衣褐懷其璧從徑道亡歸璧

於趙秦王齋五日後乃設九賓禮於庭引趙使者相如至謂秦王曰自繆公以來二十餘君未嘗有堅明約束者也臣誠恐見欺於王而負趙故令人持璧間歸至趙矣且秦强而趙弱大王遣一介之使至趙趙立奉璧來今以秦之强而先割十五都予趙趙豈敢留璧而得罪於大王乎臣知欺大王之罪當誅臣請就湯鑊唯大王與羣臣孰計議之秦王與羣臣相視而嘻左右或欲引相如去秦王因曰今殺相如終不能得璧也而絕秦趙

之歡不如因而厚遇之使歸趙趙王豈以一璧之故欺秦邪卒廷見相如畢禮而歸之相如既歸趙王以為賢大夫使不辱於諸侯拜相如為上大夫秦亦不以城予趙趙亦終不予秦璧其後秦伐趙拔石城明年復攻趙殺二萬人秦王使使者告趙王欲與王為好會於西河外黽池趙王畏秦欲毋行廉頗藺相如計曰王不行示趙弱且怯也趙王遂行相如從廉頗送至境與王訣曰王行度道里會遇之禮畢還不過三十日三十日不還

請立太子為王以絶秦望王許之遂與秦王會黽池秦
王飲酒酣曰寡人竊聞趙王好音請奏瑟趙王鼓瑟秦
御史前書曰某年月日秦王與趙王會飲令趙王鼓瑟
相如前曰趙王竊聞秦王善為秦聲請奉盆缻秦王以
相娛樂秦王怒不許於是相如前進缻因跪請秦王秦
王不肯擊缻相如曰五步之内相如請得以頸血濺大
王矣左右欲刃相如相如張目叱之左右皆靡於是秦
王不懌為一擊缻相如顧召趙御史書曰某年月日秦

王為趙王擊缻秦之羣臣曰請以趙十五城為秦王壽相如亦曰請以秦之咸陽為趙王壽秦王竟酒終不能加勝於趙趙亦盛設兵以待秦不敢動既歸國以相如功大拜為上卿位在廉頗之右廉頗曰我為趙將有攻城野戰之大功藺相如徒以口舌為勞而位居我上且相如素賤人吾羞不忍為之下宣言曰我見相如必辱之相如聞不肯與會每朝時嘗稱病不欲與廉頗爭列已而相如出望見廉頗引車避匿於是舍人相與諫曰

臣所以去親戚而事君者徒慕君之高義也今君與廉頗同列廉君宣惡言而君畏匿之恐懼殊甚且庸人尚羞之況於將相乎臣等不肖請辭去相如固止之曰公之視廉將軍孰與秦王曰不若也相如曰夫以秦王之威而相如廷叱之辱其羣臣相如雖駑獨畏廉將軍哉顧吾念之强秦之所以不敢加兵於趙者徒以吾兩人在也今兩虎共鬬其勢不俱生吾所以為此者以先國家之急而後私讐也廉頗聞之肉袒負荆因賔客至門

謝罪曰鄙賤之人不知將軍寬之至此也卒相與驩為刎頸之交是歲廉頗東攻齊破其一軍居二年廉頗復伐齊幾拔之後三年廉頗攻魏之防陵安陽拔之後四年相如將而攻齊至平邑而罷其明年趙奢破秦軍閼與下

趙奢者趙之田部吏也收租稅而平原君家不肯出奢以法治之殺平原君用事者九人平原君怒將殺奢奢因說曰君於趙為貴公子今縱君家而不奉公則法削

法削則國弱國弱則諸侯加兵諸侯加兵是無趙也君安得有此富乎以君之貴奉公如法則上下平上下平則國强國强則趙固而君為貴戚豈輕於天下邪平原君以為賢言之於王王用之治國賦國賦大平民富而府庫實秦伐韓軍於閼與王召廉頗而問曰可救不對曰道遠險狹難救又召樂乘而問焉對如廉頗言又召問奢對曰其道遠險狹譬之猶兩鼠鬭於穴中將勇者勝王乃令奢將救之兵去邯鄲三十里而令軍中曰有

以軍事諫者死秦軍軍武安西秦軍鼓譟勒兵武安屋
瓦盡振軍中候有一人言急救武安奢立斬之堅壁留
二十八日不行復益增壘秦間來奢善食而遣之間以
報秦將秦將大喜曰夫去國三十里而軍不行乃增壘
閼與非趙地也奢既已遣秦間乃卷甲而趨之二日一
夜至令善射者去閼與五十里而軍軍壘成秦人聞之
悉甲而至軍士許歷請以軍事諫奢曰内之許歷曰秦
人不意趙師至此其來氣盛將軍必厚積其陣以待之

不然必敗奢曰請受令許歷曰請就鈇質之誅奢曰胥後令戰許歷復請諫史記本戰作邯鄲字索隱曰當作戰字故從之曰先據北山上者勝後至者敗奢許諾即發萬人趨之秦兵後至爭山不得上奢縱兵擊之大破秦軍秦軍解而走遂解閼與之圍而歸趙惠文王賜奢號為馬服君以許歷為國尉奢於是與廉頗藺相如同位後四年趙惠文王卒子孝成王立七年秦與趙兵相拒長平時奢已死而藺相如病篤趙使廉頗將攻秦秦敗趙軍趙軍固壁不戰

秦數挑戰廉頗不肯趙王信秦之間秦之間言曰秦之所惡獨畏馬服君趙奢之子趙括為將耳趙王因以括為將代廉頗藺相如曰王以名使括若膠柱而鼓瑟耳括徒能讀其父書傳不知合變也趙王不聽遂將之括自少時學兵法言兵事以天下莫能當嘗與其父奢言兵事奢不能難然不謂善括母問奢其故奢曰兵死地也而括易言之使趙不將括即已若必將之破趙軍者必括也及括將其母上書言於王曰括不可使將王曰

何以對曰始妾事其父時為將身所奉飯飲而進食者以十數所友者以百數大王及宗室所賞賜者盡以予軍吏士大夫受命之日不問家事今括一旦為將東向而朝軍吏無敢仰視之者王所賜金帛歸藏於家而日視便利田宅可買者買之王以為如其父父子異心願王勿遣王曰母置之吾已決矣括母因曰王終遣之即有如不稱妾得無隨坐乎王許諾括既代廉頗悉更約束易置軍吏秦將白起聞之縱奇兵佯敗走絶其糧道

分斷其軍為二士卒離心四十餘日軍餓括出鋭卒自
搏戰秦軍射殺括括軍敗四十萬之衆遂降秦秦悉坑
之趙前後所亡四十五萬明年秦兵遂圍邯鄲歲餘幾
不得脱賴楚魏諸侯來救乃得解趙王以括母先言竟
不誅也自邯鄲圍解五年而燕用栗腹之謀曰趙壯者
盡於長平其孤未壯舉兵擊趙趙使廉頗將擊大破燕
軍於鄗殺栗腹遂圍燕燕割五城請和乃聽之趙以尉
文封頗為信平君為假相國頗之免長平歸也方失勢

故客盡去及復用為將客復至頗曰客退矣客曰吁君何見之晚也夫天下以市道交君有勢我則從君君無勢則去此固其理也有何怨乎居六年趙使頗伐魏之繁陽拔之趙孝成王卒子悼襄王立使樂乘代頗頗怒攻樂乘乘走頗遂奔魏之大梁其明年趙乃以李牧為將而攻燕拔武遂方城頗居梁久之魏不能信用趙以數困於秦兵趙王思復得廉頗頗亦思復用於趙趙王使使者視頗尚可用否頗之仇郭開多與使者金令毀

之使者既見頗頗為之一飯斗米肉十斤被甲上馬以示尚可用趙使還報王曰廉將軍雖老尚善飯然與臣坐頃之三遺矢矣趙王以為老遂不召楚聞頗在魏陰使人迎之頗一為楚將無功曰我思用趙人頗卒死于壽春

李牧者趙之北邊良將也常居代鴈門備匈奴以便宜置吏市租皆輸入莫府為士卒費日擊數牛饗士習射騎謹烽火多間諜厚遇戰士為約曰匈奴即入盜急入

收保有敢捕虜者斬匈奴每入烽火謹輒入收保不敢
戰如是數歲亦不亡失然匈奴以牧為怯雖趙邊兵亦
以為吾將怯趙王讓牧牧如故趙王怒召之使他人代
將歲餘匈奴每來出戰數不利失亡多邊不得田畜復
請牧牧杜門不出固稱疾趙王乃復強起使將兵牧曰
王必用臣臣如前乃奉令王許之牧至如故約匈奴數
歲無所得終以為怯邊士日得賞賜而不用皆願一戰
於是乃具選車得千三百乘選騎得萬三千匹百金之

士五萬人彀者十萬人悉勒習戰大縱畜牧人民滿野匈奴小入佯北不勝以數千人委之單于聞之大率衆來入牧多為奇陳張左右翼擊之大破殺匈奴十餘萬騎滅襜襤破東胡降林胡單于奔走其後十餘歲匈奴不敢近趙邊城趙悼襄王元年廉頗既亡入魏趙使牧攻燕拔武遂方城居二年龐煖破燕軍殺劇辛後七年秦破趙殺將扈輒於武遂城斬首十萬趙乃以牧為大將軍擊秦軍於宜安大破秦軍走秦將桓齮封牧為武

安君居三年秦攻番吾牧擊破秦軍南拒韓魏趙王遷七年秦使王翦攻趙趙使牧司馬尚禦之秦多與趙王寵臣郭開金為反間言牧尚欲反趙王乃使趙葱及齊將顔聚代牧牧不受命趙使人微捕得牧斬之廢司馬尚後三月王翦因急擊趙大破殺趙葱虜趙王遷及其將顔聚遂滅趙

蘇子曰藺相如非戰國之士也以死行義不屈於强秦以禮為國不校於廉頗其處剛柔進退之際類學道者

使居平世可以為大臣矣非戰國之士也廉頗李牧皆以將亡之趙抗方興之秦其為力艱矣卒以其用捨為趙之存亡趙能用之而不能終悲夫

古史卷五十一

欽定四庫全書

古史卷五十二

宋　蘇轍　撰

田單列傳第二十九

田單者齊諸田疏屬也湣王時單為臨菑市掾不見知及燕使樂毅伐破齊湣王出奔已而保莒城燕師長驅平齊而單走安平令其宗人盡斷其車軸末而傅鐵籠已而燕軍攻安平城壞齊人走爭塗以轊折車敗為燕所虜唯單宗人以鐵籠故得脫東保即墨燕既盡降齊

城唯獨莒即墨不下燕軍聞齊王在莒并兵攻之淖齒既殺湣王於莒因堅守拒燕軍數年不下燕引兵東圍即墨即墨大夫出與戰敗死城中相與推單曰安平之戰單宗人以鐵籠得全習兵立以為將軍以即墨拒燕頃之燕昭王卒惠王立與樂毅有隙單聞之乃縱反間於燕言曰齊王已死城之不拔者二耳樂毅畏誅而不敢歸以伐齊為名實欲連兵南面而王齊人未附故且緩攻即墨以待其事齊人所懼唯恐他將之來即墨殘

矣燕王以為然使騎刼代樂毅樂毅因歸趙單乃令城
中人食必祭其先祖於庭飛鳥悉翔舞城中下食燕人
怪之單因宣言曰神來下教我乃令城中人曰當有神
人為我師有一卒曰臣可以為師乎反走單乃起引還
東鄉坐師事之卒曰臣欺君誠無能也單曰子勿言也
因師之每出約束必稱神師乃宣言曰吾唯懼燕軍之
劓所得齊卒置之前行與我戰即墨敗矣燕人聞之如
其言城中人見齊諸降者盡劓皆怒堅守唯恐見得單

又縱反間曰吾懼燕人掘吾城外冢墓僇先人可為寒
心燕軍盡掘壟墓燒死人即墨人從城上望見涕泣其
欲出戰怒自十倍單知士卒之可用乃身操版插與士
卒分功妻妾編於行伍之間盡散飲食饗士令甲卒皆
伏使老弱女子乘城遣使約降於燕燕軍皆呼萬歲單
又收民金得千鎰令即墨富豪遺燕將曰即墨即降願
無虜掠吾族家妻妾令安堵燕將大喜許之燕軍由此
益懈單乃收城中得千餘牛為絳繒衣畫以五綵龍文

束兵刃於其角而灌脂束葦於尾燒其端鑿城數十穴夜縱牛壯士五千人隨其後牛尾熱怒而奔燕軍燕軍夜大驚牛尾炬火光明炫燿燕軍視之皆龍文所觸盡死傷五千人因銜枚擊之而城中鼓譟從之老弱皆擊銅器為聲聲動天地燕軍大駭敗走齊人遂夷殺其將騎刼燕軍擾亂奔走齊人追亡逐北所過城邑皆畔燕歸于單兵日益多乘勝燕日敗亡卒至河上而七十餘城皆復為齊乃迎襄王於莒入臨菑而聽政襄王封單

號曰安平君而以為齊相單嘗過菑水有老人涉菑而寒出不能行單解裘衣之襄王聞而惡之曰單厚施將以取吾國乎不早圖後之矣王左右有貫珠者王問之曰女以為何若對曰王不如因以為己善下令國中曰寡人憂民之飢田單收而食之寡人憂民之寒田單解裘衣之善單之善則亦王之善己王曰善賜單牛酒貫珠復勸王布令國中求飢寒者而收穀之於是國中皆曰田單之愛人王之教也王説單乃安齊之士有貂勃

者嘗謗單單飲之酒而問之曰單何以得罪於先生先生之毀單也勃曰跖之狗可使吠堯使勃得為公狗顧將為公攫噬人矣尚何謗哉單任之於王王有所幸臣九人欲害單請於王使勃使楚勃至楚楚王觴之數日不反九人因謂王曰匹夫而能牽留萬乘豈不以據勢哉安平君之於王君臣無禮上下無别内收百姓外懷戎翟陰結諸侯之雄俊其志欲有為也王入之他日王顧左右曰召相單來單知王怒免冠徒跣肉袒而進退

而請死罪五日王乃曰子無罪子為子之臣禮吾為吾之王禮而已貂勃從楚來王賜諸前酒酣王復曰召相單來勃避席稽首曰王安得此亡國之言乎昔文王得呂尚以為太公齊桓公得管仲以為仲父今王得安平君而獨曰單單安得此亡國之言乎燕之破齊王走之城陽之山安平君以惴惴之即墨三里之城七里之郭弊卒七千禽其司馬而反千里之齊當是之時闔城陽而王之天下莫能止也安平君為棧道木閣迎王與后

於城陽山中王乃得反子臨百姓今國已定民已安王乃曰單單嬰兒之計不為此也王不亟殺此九子以謝安平君國危矣王以為然乃殺九子而逐其家益封單夜邑萬戶單將而攻翟聲仲連見之曰將軍不能下也單不謝而去攻翟三月不克乃問仲連曰先生何以知單之不能下翟也連曰將軍之在即墨也坐而織蕢立則杖挿為士卒倡曰可往矣宗廟亡矣當此之時將軍有死之心而士卒無生之氣聞若言莫不揮涕奮臂而

欲戰此所以破燕也今將軍東有夜邑之奉西有菑上之虞黄金横帶而馳於淄澠之間有生之樂無死之心所以不勝也單曰單有心先生知之矣明日厲氣修城立於矢石之所援桴鼓之翟人乃下燕將攻趙趙王割濟東與齊求單為將擊燕有功因留相趙已而歸齊復事王建單攻聊城魯仲連稱栗腹以十萬衆敗於趙此王建之世也

蘇子曰樂毅以全燕之兵兼强齊之衆棲田單於即墨諸侯之救不至使天胙燕昭王不死樂毅不亡田單雖

智要之歲月兵殘食盡齊之亡可立而待也然單兵不滿萬人堅守二城以抗百倍之師相持五年而無可乘之隙遷延稽故以須天命之復可不謂智過人哉

古史卷五十二

欽定四庫全書

古史卷五十三

宋　蘇轍　撰

屈原列傳第三十

屈原名平楚之同姓也為楚懷王左徒博聞强志明於治亂嫺於辭令入則與王圖議國事以出號令出則接遇賔客應對諸侯王甚任之上官大夫與之同列爭寵而心害其能懷王使原造為憲令原屬草藁未定上官大夫見而欲奪之原不與因讒之曰王使屈平為令衆

莫不知每一令出平伐其功以為非我莫能為也王怒而疏平其後秦欲伐齊齊與楚從親秦惠王患之乃令張儀佯去秦厚幣委質事楚曰秦甚憎齊齊與楚從親楚誠能絶齊秦願獻商於之地六百里懷王貪而信張儀遂絶齊使使如秦受地張儀詐之曰儀與王約六里不聞六百里楚使怒去歸告懷王懷王怒大興師伐秦秦發兵擊之大破楚師於丹陽斬首八萬虜楚將屈匄遂取楚之漢中地懷王乃悉發國中兵以深入擊秦戰

於藍田魏聞之襲楚至鄧楚兵懼自秦歸而齊竟怒不救楚楚大困明年秦割漢中地與楚以和楚王曰不願得地願得張儀而甘心焉張儀聞乃曰以一儀而當漢中地臣請往至楚又因厚幣用事臣靳尚而設詭辯於懷王之寵姬鄭袖懷王竟聽鄭袖復釋去張儀是時平既疏不復在位使於齊顧反諫懷王曰何不殺張儀懷王悔追張儀不及其後諸侯共擊楚大破之殺其將唐昧時秦昭王與楚婚欲與懷王會懷王欲行平曰秦虎

狼之國不可信不如無行懷王稚子子蘭勸王行柰何
絶秦歡懷王卒行入武關秦伏兵絶其後因留懷王以
求割地懷王怒不聽亡走趙趙不内復之秦竟死於秦
而歸葬長子頃襄王立以其弟子蘭為令尹楚人皆咎
子蘭以勸懷王入秦而不反也平既嫉之憂愁幽思而
作離騷離騷者猶離憂也夫天者人之始也父母者人
之本也人窮則反本故勞苦倦極未嘗不呼天也疾痛
慘怛未嘗不呼父母也屈平正道直行竭忠盡智以事

其君讒人間之可謂窮矣信而見疑忠而被謗能無怨乎屈平之作離騷蓋自怨生也國風好色而不淫小雅怨誹而不亂若離騷者可謂兼之矣其稱文小而指極大舉類邇而見義遠雖廢不用而睠顧楚國繫心懷王一篇之中而三致志焉（太史公言離騷之作自懷王之世屈原始見疏而作矣今案離騷之文斥刺子蘭宜在懷王末年頃襄王出故正之於此）令尹子蘭聞之大怒卒使上官大夫短屈原於頃襄王頃襄王怒而遷之屈原至於江濱被髮行吟澤畔顏色憔悴形容枯槁漁父見而

問之曰子非三閭大夫與何故而至此屈原曰舉世混濁而我獨清衆人皆醉而我獨醒是以見放漁父曰夫聖人者不凝滯於物而能與世推移舉世混濁何不隨其流而揚其波衆人皆醉何不餔其糟而啜其釃何故懷瑾握瑜而自令見放為屈原曰吾聞之新沐者必彈冠新浴者必振衣人又誰能以身之察察受物之汶汶者乎寧赴常流而葬乎江魚腹中耳又安能以皓皓之白而蒙世之温蠖乎乃作懷沙之賦其辭曰陶陶孟夏

兮草木莽莽傷懷永哀兮汩徂南土眴兮窈窈孔靜幽墨寃結紆軫兮離愍之長鞠撫情効志兮俛詘以自抑刓方以為圜兮常度未替易初本由兮君子所鄙章畫職墨兮前度未改内直質重兮大人所盛巧匠不斲兮孰察其揆正玄文幽處兮矇謂之不章離婁微睇兮瞽以為無明變白而為黑兮倒上以為下鳳凰在笯兮雞雉翔舞同糅玉石兮一槩而相量夫黨人之鄙妬兮羌不知吾所臧任重載盛兮陷滯而不濟懷瑾握瑜兮窮

不得余所示邑犬羣吠兮吠所怪也誹駿疑桀兮固庸態也文質疏内兮衆不知吾之異采材樸委積兮莫知余之所有重仁襲義兮謹厚以為豐重華不可牾兮孰知吾之從容古固有不並兮豈知其故也湯禹久遠兮邈不可慕也懲違改忿兮抑心而自彊離湣而不遷兮願志之有象進路北次兮日昧昧其將暮含憂虞哀兮限之以大故亂曰浩浩沅湘兮分流汨兮修路幽拂兮道遠忽兮曽唫恒悲兮永歎慨兮世既莫吾知兮人心

不可謂兮懷情抱質兮獨無匹兮伯樂既沒驥將焉程兮人生有命兮各有所錯兮定心廣志余何畏懼兮曾傷爰哀永歎喟兮世溷不吾知心不可謂兮知死不可讓兮願勿愛兮明以告君子兮吾將以為類兮於是懷石自投汨羅以死屈原既死之後楚有宋玉唐勒景差之徒皆好辭而以賦見稱然皆祖屈原之從容辭令終莫敢直諫其後楚日以削數十年竟為秦所滅

蘇子曰漢賈誼為長沙傅過汨羅為賦以弔屈原曰歷

九州而相君何必懷此故都誼之言或一道也而非原志原楚同姓不忍棄其君而之四方而誼教之以孔子孟軻歷聘諸侯以求行道勢必不從矣柳下惠為士師三黜而不去曰直道而事人何往而不三黜枉道而事人何必去父母之邦惜乎屈原廉直而不知道殉節以死然後為快此所以未合於聖人耳使原如柳下惠用之則行舍之則藏終身於楚優游以卒歲庶乎其志也哉

古史卷五十四

宋　蘇轍　撰

虞卿魯仲連列傳第三十一

虞卿者游説之士也躡蹻擔簦説趙孝成王一見賜黄金百鎰白璧一雙再見為趙上卿故號為虞卿秦昭王以范睢故欲為之報仇求魏相魏齊而殺之魏齊亡走趙依平原君秦召平原君而使趙王殺齊齊夜出見虞卿虞卿解相印與齊皆之魏依信陵君信陵君難之齊

怒自剄死虞卿困於大梁不得志乃著書上採春秋下觀近世曰節義稱號揣摩政謀凡八篇以刺譏國家得失世傳之曰虞氏春秋秦趙戰於長平趙不勝亡一都尉趙王召樓昌與虞卿曰軍戰不勝尉復死寡人使束甲而趨之何如樓昌曰無益也不如發重使為媾虞卿曰昌言媾者以為不媾軍必破也而制媾者在秦且王之論秦也欲破趙之軍乎不邪王曰秦不遺餘力矣必且欲破趙軍虞卿曰王聽臣發使出重寶以附楚魏楚

魏欲得王之重寶必內吾使趙使入楚魏秦必疑天下之合從且必恐如此則媾乃可為也趙王不聽與平陽君趙豹為媾發鄭朱入秦秦內之趙王召虞卿曰寡人使平陽君為媾於秦秦已納鄭朱矣卿以為奚如虞卿對曰王不得媾軍必破矣天下賀戰勝者皆在秦矣鄭朱貴人也入秦秦王與應侯必顯重以示天下楚魏以趙為媾必不救王秦知天下不救王則媾不可得成也應侯果顯鄭朱以示天下賀戰勝者終不肯媾長平大

敗遂圍邯鄲為天下笑秦既解邯鄲圍而趙王入朝使趙郝約事於秦割六縣而媾虞卿謂趙王曰秦之攻王也倦而歸乎王以其力尚能進愛王而弗攻乎王曰秦之攻我也不遺餘力矣必以倦而歸也虞卿曰秦以其力攻其所不能取倦而歸王又以其力之所不能取以送之是助秦自攻也來年秦復攻王王無救矣王以虞卿之言告趙郝趙郝曰虞卿誠能盡秦力之所至乎誠知秦力之所不能進此彈丸之地弗予令秦來年復攻

王王得無割其内而媾乎王曰請聽子割矣子能必使來年秦之不復攻我乎趙郝對曰此非臣之所敢任也他日三晉之交於秦相善也今秦善韓魏而攻王王之所以事秦必不如韓魏也今臣為足下解負親之攻開關通幣齊交韓魏至來年而王獨取攻於秦此王之所以事秦必在韓魏之後也此非臣之所敢任也王以告虞卿虞卿對曰郝言不媾來年秦復攻王王得無割其内而媾乎今媾郝又以不能必秦之不復攻也今雖割

六城何益來年復攻又割其力之所不能取而媾此自盡之術也不如無媾秦雖善攻不能取六縣趙雖不能守終不失六城秦倦而歸兵必罷我六城收天下以攻罷秦是我失之於天下而取償於秦也吾國尚利孰與坐而割地自弱以强秦哉今郝曰秦善韓魏而攻趙者必以為韓魏不救趙也而王之軍必孤有以王之事秦不如韓魏也是使王歲以六城事秦也即坐而城盡來年秦復求割地王將與之乎弗與是棄前功而挑秦禍

也與之則無地而給之語曰强者善攻弱者不能守今坐而聽秦秦兵不弊而多得地是强秦而弱趙也以益强之秦而割愈弱之趙其計故不止矣且王之地有盡而秦之求無已以有盡之地而給無已求其勢必無趙矣王計未定樓緩從秦來趙王與樓緩計之曰予秦地何如毋與孰吉緩辭讓曰此非臣之所能知也王曰雖然試言公之私緩對曰王亦聞夫公甫文伯母乎公父文伯仕於魯病死女子為自殺於房中者二人其母聞

之弗哭也其相室曰焉有子死而弗哭者乎其母曰孔子賢人也逐於魯而是人不隨也今死而婦人為之自殺者二人若是者必其於長者薄而於婦人厚也故從母言之是為賢母從妻言之是必不免為妬妻故其言者異則人心變矣今臣新從秦來而言勿予則非計也言予之恐王以臣為為秦也故不敢對使臣得為大王計不如予之王曰諾虞卿聞之入見王曰此飾說也王眘勿予樓緩聞之往見王王又以虞卿之言告緩對曰

不然虞卿得其一不得其二夫秦趙構難而天下皆說何也曰吾且因强而乘弱矣今趙兵困於秦天下之賀戰勝者則必盡在於秦矣故不如亟割地為和以疑天下而慰秦之心不然天下將因秦之强怒乘趙之弊瓜分之趙且亡何秦之圖乎故曰虞卿得其一不得其二願王以此決之勿復計也虞卿聞之往見王曰危哉樓子之所以為秦者是愈疑天下而何慰秦之心哉獨不言其示天下弱乎且臣言勿予者非固勿予而已也秦

索六城於王而王以六城賂齊齊秦之深讎也得王之六城并力西擊秦齊之聽王不待辭之畢也則是王失之於齊而取償於秦也而齊趙之深讎可以報矣而示天下有能為也王以此發聲兵未窺於境臣見秦之重賂至趙而反媾於王也從秦為媾韓魏聞之必盡重王重王必出重寶以先於王則是王一舉而結三國之親而與秦易道也趙王曰善則使虞卿東見齊王與之謀秦虞卿未返秦使者已在趙矣樓緩聞之亡去趙於是

封虞卿以一城居頃之而魏請為從趙王召虞卿謀過
平原君平原君曰願卿之論從也虞卿入見王王曰魏
請為從對曰魏過王曰寡人固未之許對曰王過王曰
魏請從卿曰魏過寡人未之許又曰寡人過然則終不
可乎對曰臣聞小國之與大國從事也有利則大國受
其福有敗則小國受其禍今魏以小國請其禍而王以
大國辭其福臣故曰王過魏亦過竊以為從便王曰善
乃合魏為從

蘇子曰游說之士皆歷抵諸侯以左右網其利獨虞卿始終事趙專持從說其言前後可考無翻覆之病觀其赴魏齊之急捐相印棄萬戶侯而不顧此固義俠之士非說客也哉然太史公記虞卿與趙謀事皆秦破長平後而卿為魏齊棄相印走大梁則前此矣意者魏齊死卿自梁還復相趙而太史公失不言之耳

魯仲連齊人也好奇偉俶儻之畫策而不肯仕宦任職好持高節游於趙趙孝成王時而秦王使白起破趙長

平之軍前後四十餘萬秦兵遂東圍邯鄲趙王恐諸侯
之救兵莫敢擊秦軍魏安釐王使將軍晉鄙救趙畏秦
止於蕩陰不進魏王使客將軍新垣衍間入邯鄲因平
原君謂趙王曰秦所為急圍趙者前與齊爭強為帝已
而復歸帝今齊已益弱方今唯秦雄天下此非必貪邯
鄲其意欲復求為帝趙誠發使尊秦王為帝秦必喜罷
兵去平原君猶豫未有所决仲連聞之乃見平原君曰
事將奈何平原君曰勝也何敢言事前亡四十萬之衆

於外今又内圍邯鄲而不能去魏王使客將軍新垣衍令趙帝秦今其人在是勝也何敢言事仲連曰吾始以君為天下之賢公子也吾乃今然後知君非天下之賢公子也梁客新垣衍安在吾請為君責而歸之平原君曰勝請為紹介而見之於先生平原君遂見新垣衍曰東國有魯仲連先生者今其人在此勝請為紹介交之於將軍衍曰吾聞魯仲連先生齊國之高士也衍人臣也使事有職吾不願見平原君曰勝既已泄之矣衍許

諸仲連見衍而無言衍曰吾視居此圍城圍中者皆有求於平原君者也今吾觀先生之玉貌非有求於平原君者也曷為久居此圍城之中而不去仲連曰世以鮑焦為無從頌古容通誦通而死者皆非也衆人不知則為一身彼秦者棄禮義而上首功之國也權使其士虜使其民彼即肆然而為帝過而為政於天下則連有蹈東海而死耳吾不忍為之民也所為見將軍者欲以助趙也衍曰先生助之將奈何仲連曰吾將使梁及燕助之齊楚則

固助之矣衍曰燕則吾請以從矣若乃梁者則吾乃梁人也先生惡能使梁助之仲連曰梁未睹秦稱帝之害故耳使梁睹秦稱帝之害則必助趙矣衍曰秦稱帝之害何如仲連曰昔者齊威王嘗為仁義矣率天下諸侯而朝周周貧且微諸侯莫朝而齊獨朝之居歲餘周烈王崩齊後往周怒赴於齊曰天崩地坼天子下席東藩之臣因齊後至則斮齊威王勃然怒曰叱嗟而母婢也卒為天下笑故生則朝周死則叱之誠不忍其求也彼

天子固然其無足怪衍曰先生獨不見夫僕乎十人而從一人者寧力不勝而智不若邪畏之也仲連曰嗚呼梁之比於秦若僕邪衍曰然仲連曰吾將使秦王烹醢梁王衍怏然不悅曰噫嘻亦太甚矣先生之言也先生又惡能使秦王烹醢梁王仲連曰固也吾將言之昔者九侯鄂侯文王紂之三公也九侯有子而好獻之於紂紂以為惡醢九侯鄂侯爭之強辯之疾故脯鄂侯文王聞之喟然而歎故拘之牖里之庫百日欲令之死曷為

與人俱稱王卒就脯醢之地齊湣王將之魯夷維子為
執策而從謂魯人曰子將何以待吾君魯人曰吾將以
十太牢待子之君夷維子曰子安取禮而來吾君彼吾
君者天子也天子巡狩諸侯辟舍納筦籥攝衽抱机視
膳於堂下天子已食乃退而聽朝也魯人投其籥不果
納不得入於魯將之薛假途於鄒當是時鄒君死湣王
欲入弔夷維子謂鄒之孤曰天子弔主人必將倍殯棺
設北面於南方然後天子南面弔也鄒之羣臣曰必若

此吾將伏劒而死固不敢入於鄒鄒魯之臣生則不得事養死則不得賻襚然且欲行天子之禮於鄒魯鄒魯之臣不果納今秦萬乘之國也梁亦萬乘之國也俱據萬乘之國各有稱王之名睹其一戰而勝欲從而帝之是使三晉之大臣不如鄒魯之僕妾也且秦無已而帝則且變易諸侯之大臣彼將奪其所不肖而與其所賢奪其所憎而與其所愛彼又將使其子女讒妾為諸侯姬妃處梁之宮梁王安得晏然而已乎而將軍又何以

得故寵乎於是衍起再拜謝曰始以先生為庸人吾乃今日知先生為天下之士也吾請出不敢復言帝秦秦將聞之為卻軍五十里適會魏公子無忌奪晉鄙軍以救趙擊秦軍秦軍遂引而去於是平原君欲封仲連仲連辭讓使者三終不肯受平原君乃置酒酒酣起前以千金為仲連壽仲連笑曰所謂貴於天下之士者為人排患釋難解紛亂而無取也即有取者是商賈之事也而連不忍為也遂辭平原君而去終身不復見其後十

餘年燕將攻下聊城聊城人或讒之燕燕將懼誅因保
守聊城不敢歸齊田單攻聊城歲餘士卒多死而聊城
不下仲連乃爲書約之矢以射城中遺燕將曰吾聞之
智者不倍時而棄利勇士不怯死而滅名忠臣不先身
而後君今公行一朝之忿不顧燕王之無臣非忠也殺
身亡聊城而威不信於齊非勇也功敗名滅後世無稱
焉非智也三者世主不臣說士不載故智者不再計勇
士不怯死今死生榮辱貴賤尊卑此時不再至願公詳

計而無與俗同且楚攻齊之南陽魏攻平陸而齊無南面之心以為亡南陽之害小不如得濟北之利大故定計審處之今秦人下兵魏不敢東面衡秦之勢成楚國之形危齊棄南陽斷右壤定濟北計猶且為之也且夫齊之必決於聊城公勿再計今楚魏交退於齊而燕救不至以全齊之兵無天下之規與聊城共據期年之敝則臣見公之不能得也且燕國大亂君臣失計上下迷惑栗腹以十萬之衆五折於外以萬乘之國被圍於趙

壤削主困為天下僇笑國敝而禍多民無所歸心今公又以敝聊之民拒全齊之兵是墨翟之守也食人炊骨士無反外之心是孫臏之兵也能見於天下雖然為公計者不如全車甲以報於燕車甲全而歸燕燕王必喜身全而歸於國士民如見父母交游攘臂而議於世功業可明上輔孤主以制羣臣下養百姓以資說士矯國更俗功名可立也亡意亦捐燕棄世東游於齊乎裂地定封富乎陶衛世世稱孤與齊久存又一計也此兩計

者顯名厚實也願公詳計而審處一焉且吾聞之規小節者不能成榮名惡小恥者不能立大功昔者管夷吾射桓公中其鉤簒也遺公子糾不能死怯也束縛桎梏辱也此三行者世主不臣而鄉里不通鄉使管子幽囚而不出身死而不反於齊則亦名不免於辱人賤行矣臧獲且羞與之同名矣況世俗乎故管子不恥身在縲紲之中而恥天下之不治不恥不死公子糾而恥威之不信於諸侯故兼三行之過而為五霸首名高天下而

光燭鄰國曹子為魯將三戰三北而亡地五百里鄉使
曹子計不反顧議不旋踵刎頸而死則亦名不免為敗
軍禽將矣曹子棄三北之恥而退與魯君計桓公朝天
下會諸侯曹子以一劒之任枝桓公之心於壇坫之上
顏色不變辭氣不悖三戰之所亡一朝而復之天下震
動諸侯驚駭威加吳越若此二士者非不能成小廉而
行小節也以為殺身亡軀絕世滅後功名不立非智也
故去感忿之怨立終身之名棄忿悁之節定累世之功

是以業與三王爭流而名與天壤相弊也願公擇一而行之燕將見仲連書泣三日猶豫不能自決欲歸燕已有隙恐誅欲降齊所殺虜於齊甚衆恐已降而後見辱喟然歎曰與人刃我寧自刃乃自殺聊城亂田單遂屠聊城歸而言仲連欲爵之仲連逃隱於海上曰吾與富貴而詘於人寧貧賤而輕世肆志焉

蘇子曰戰國游談之士非從即衡說行交合而寵祿附之故事不厭詭詐爭走於利魯仲連辯過秦儀氣凌髡

衍而從橫之利不入於口因事放言切中機會排難解紛如決潰堤不終日而成功逃避爵賞脱屣而去戰國以來一人而已

古史卷五十四

古史卷五十五

宋　蘇轍　撰

呂不韋列傳第三十二

呂不韋者陽翟大賈人往來販賤賣貴家累千金秦昭王四十年太子死其四十二年以次子安國君為太子安國君有子二十餘人有所甚愛姬立以為正夫人號曰華陽夫人無子安國君中男名楚其母曰夏姬母愛楚為秦質子於趙秦數攻趙趙不甚禮楚楚秦諸庶孽

孫質於諸侯車乘進用不饒居處困不得意不韋賈邯
鄲見而憐之曰此奇貨可居乃往見楚説曰吾能大子
之門楚笑曰且自大君之門而乃大吾門不韋曰子不
知也吾門待子門而大楚心知所謂乃引與坐深語不
韋曰秦王老矣安國君得為太子竊聞安國君愛幸華
陽夫人華陽夫人無子能立適嗣者獨華陽夫人耳今
子兄弟二十餘人子又居中不甚見幸久質諸侯即大
王薨安國君立為王則子無幾得與長子及諸子旦暮

在前者爭為太子矣楚曰然為之柰何不韋曰子貧客於此非有以奉獻於親及結賔客也不韋雖貧請以千金為子西游事安國君及華陽夫人立子為適嗣楚乃頓首曰必如君策請得分秦國與君共之不韋乃以五百金與楚為進用結賔客而復以五百金買奇物玩好自奉而西游秦求見華陽夫人姊而皆以其物獻華陽夫人因言子楚賢智結諸侯賔客徧天下常曰楚也以夫人為天日夜泣思太子及夫人夫人大喜不韋因使

其姊說夫人曰吾聞之以色事人者色衰而愛弛今夫人事太子甚愛而無子不以此時早自結於諸子中賢孝者舉立以為適而子之夫在則重尊夫百歲之後所子者為王終不失勢此所謂一言而萬世之利也不以繁華時樹本即色衰愛弛後雖欲開一語尚可得乎今子楚賢而自知中男也次不得為適其母又不得幸自附夫人夫人誠以此時拔以為適夫人則竟世有寵於秦矣華陽夫人以為然承太子間從容言子楚質於趙

者絶賢來往者皆稱譽之因涕泣曰妾幸得充後宫不幸無子願得子楚立以為適嗣以託妾身安國君乃與夫人刻玉符約以為適嗣安國君及夫人因厚餽遺楚而請吕不韋傅之楚以此名譽益盛於諸侯不韋取邯鄲諸姬絶好善舞者與居知有身子楚從不韋飲見而說之因起為壽請之不韋怒念業已破家為楚欲以釣奇乃遂獻其姬姬自匿有身至大期時生子政楚遂立姬為夫人秦昭王五十年使王齮圍邯鄲急趙欲殺楚

楚與不韋謀行金六百斤予守者吏得脫亡赴秦軍遂以得歸趙欲殺楚妻子楚夫人趙豪家女也得匿以故母子竟得活昭王五十六年薨安國君立為王華陽夫人為王后楚為太子趙亦奉楚夫人及子政歸秦秦王立一年薨謚為孝文王楚代立是為莊襄王所養母華陽后為華陽太后母夏姬以為夏太后莊襄王元年以不韋為丞相封為文信侯食河南雒陽十萬户莊襄王即位三年薨太子政立為王尊不韋為相國號稱仲父

秦王年少太后時時竊私通不韋不韋家僮萬人當是時魏有信陵君楚有春申君趙有平原君齊有孟嘗君皆下士喜賓客以相傾不韋以秦之彊羞不如亦招致士厚遇之至食客三千人是時諸侯多辯士如荀卿之徒著書布天下不韋乃使其客人人著所聞集論以為八覽六論十二紀二十餘萬言以為備天地萬物古今之事號曰吕氏春秋布咸陽市門懸千金其上延諸侯游士賓客有能增損一字者予千金始皇帝益壯太后

淫不止不韋恐覺禍及己乃私求大陰人嫪毐以為舍人時縱倡樂使毐以其陰關桐輪而行令太后聞之以啗太后太后聞果欲私得之不韋乃進毐詐令人以腐罪告之不韋陰謂太后曰可事詐腐則得給事中太后乃陰厚賜主腐者吏詐論之拔其鬚眉為宦者遂得侍太后太后私與通絶愛之有身太后恐人知之詐卜當避時徙宫居雍毐常從賞賜甚厚事皆決於毐毐家僮數千人諸客求宦為毐舍人千餘人始皇七年莊襄王母

夏太后薨孝文王后曰華陽太后與孝文王㑹葬壽陵
夏太后子莊襄王葬芷陽故夏太后獨别葬杜東曰東
望吾子西望吾夫後百年旁當有萬家邑九年有告毐
實非宦者常與太后私亂生子二人皆匿之與太后謀
曰王即薨以子為後毐聞之秦王驗左右未發方之雍
郊毐恐禍起謀矯太后璽發卒以反蘄年宫發吏攻毐
毐敗亡走追斬之好畤遂夷其宗於是秦王下吏治具
得情實事連不韋九月夷毐三族殺太后所生兩子而

遷太后於雍諸毐舍人皆沒其家而遷之蜀王欲誅不韋為其奉先王功大及賓客辯士為游說者衆王不忍致法十年十月乃免不韋相及齊人茅焦說秦秦王乃迎太后於雍歸復咸陽而出不韋就國河南歲餘諸侯賓客使者相望於道請文信侯秦王恐其為變乃賜不韋書曰君何功於秦封君河南十萬户君何親於秦號稱仲父其與家屬徙處蜀不韋自度稍侵恐誅乃飲酖死秦王所加怒不韋毐皆已死乃皆復歸毐舍人遷蜀

者始皇十九年太后薨號為帝太后與襄王會葬芷陽

蘇子曰戰國惟秦楚燕為故國取之非逆而守之則暴

矣若三晉及齊皆以簒奪得之所以取守者皆非義也

天方厭喪亂欲假手於秦而秦亦淫虐無以受之於是

不韋乘釁納妾於子楚以亂其後六國未亡而嬴氏已

先亡矣及至二世屠戮諸公子殆盡而後授首於劉項

老子曰天網恢恢疎而不失不觀其徼孰知其故哉

古史卷五十五

欽定四庫全書

古史卷五十六

宋 蘇轍 撰

李斯列傳第三十三

李斯者楚上蔡人也年少時為郡小吏見吏舍廁中鼠食不潔近人犬數驚恐入倉觀倉中鼠食積粟居大廡之下不見人犬之憂於是斯乃嘆曰人之賢不肖譬於鼠矣在所自處耳乃從荀卿學帝王之術學已成度楚王不足事而六國皆弱無可為建功者欲西入秦辭於

荀卿曰斯聞得時無怠今萬乘方爭游者主事秦王欲吞天下稱帝而治此布衣馳騖之時而游說者之秋也處卑賤之位而計不為者此禽鹿視肉人面而能彊行者耳故詬莫大於卑賤而卑莫甚於窮困久處卑賤之位困苦之地非世而惡利自託於無為此非士之情也故斯將西說秦王矣至秦會莊襄王卒斯乃求為秦相文信侯呂不韋舍人不韋賢之任以為郎斯因說秦王曰胥人者去其幾也成大功者在因瑕釁而遂忍之昔

者秦穆公之伯終不東并六國者何也諸侯尚衆周德未衰故五伯迭興更尊周室自孝公以來周室卑微諸侯相兼關東為六國秦之乘勝役諸侯六世矣今諸侯服秦譬若郡縣夫以秦之強大王之賢猶竈上騷除足以滅諸侯成帝業為天下一統此萬世之一時也今怠而不急就諸侯復強相聚約從雖有黃帝之賢不能并也秦王乃拜斯為長史聽其計陰遣謀士齎黃金玉以游說諸侯諸侯名士可下以財者厚陰結之不肯者利

劍刺之離其君臣之計秦王乃使其良將隨其後秦王拜斯為客卿會韓人鄭國來間秦以作注溉渠已而覺秦宗室大臣皆言秦王曰諸侯人來事秦者大抵為其主游間於秦耳請一切逐客斯議亦在逐中斯乃上書曰臣聞吏議逐客竊以為過矣昔繆公求士西取由余於戎東得百里奚於宛迎蹇叔於宋求丕豹公孫支於晉此五子者不產於秦而繆公用之并國二十遂霸西戎孝公用商鞅之法移風易俗民以殷盛國以富强百

姓樂用諸侯親服獲楚魏之師舉地千里至今治强惠
王用張儀之計拔三川之地西并巴蜀北收上郡取漢
中包九夷制鄢郢東據成臯之險割膏腴之壤遂散六
國之從使之西面事秦功施到今昭王得范雎廢穰侯
逐華陽强公室杜私門蠶食諸侯使秦成帝業此四君
者皆以客之功由此觀之客何負於秦哉向使四君却
客而不内疏士而不用是使國無富利之實而秦無强
大之名也今陛下致昆山之玉有隨和之寶垂明月之

珠服太阿之劍乘纖離之馬建翠鳳之旗樹靈鼉之鼓此數寳者秦不生一焉而陛下說之何也必秦國之所生然後可則是夜光之璧不飾朝廷犀象之器不為玩好鄭衛之女不充後宫而駿良駃騠不實外廄江南金錫不為用西蜀丹青不為采所以飾後宫充下陳娛心意說耳目者必出於秦然後可則是宛珠之簪傅璣之珥阿縞之衣錦繡之飾不進於前而隨俗雅化佳冶窈窕趙女不立於側也夫擊甕叩缶彈箏搏髀而歌呼嗚

嗚快耳目者真秦之聲也鄭衛桑間昭虞武象者異國之樂也今棄擊甕叩缻而就鄭衛退彈箏而取昭虞若是者何也快意當前適觀而已矣今取人則不然不問可否不論曲直非秦者去為客者逐然則是所重者在乎色樂珠玉而所輕者在乎人民也此非所以跨海内制諸侯之術也臣聞地廣者粟多國大者人衆兵强則士勇是以太山不讓土壤故能成其大河海不擇細流故能就其深王者不却衆庶故能明其德是以地無四

方民無異國四時充美鬼神降福此五帝三王之所以無敵今乃棄黔首以資敵國卻賓客以業諸侯使天下之士退而不敢西向裹足不入秦此所謂藉寇兵而齎盜糧者也夫物不產於秦可寶者多士不產於秦而願忠者衆今逐客以資敵國損民以益讎內自虛而外樹怨於諸侯求國無危不可得也秦王乃除逐客之令復斯官卒用其計謀官至廷尉二十餘年竟并天下尊王為皇帝以斯為丞相夷郡縣城銷其兵刃示不復用使

秦無尺土之封不立子弟為王功臣為諸侯者使後無
戰攻之患始皇三十四年置酒咸陽宫博士僕射周青
臣等頌稱始皇威德齊人淳于越進諫曰臣聞之殷周
之王千餘歲封子弟功臣自為支輔今陛下有海内而
子弟為匹夫卒有田常六卿之患臣無輔弼何以相救
哉事不師古而能長久者非所聞也今青臣等又面諛
以重陛下過非忠臣也始皇下其議丞相丞相謬其説
絀其辭乃上書曰古者天下散亂莫能相一是以諸侯

並作語皆道古以害今飾虛言以亂實人善其所私學以非上所建立今陛下并有天下辯白黑而定一尊而私學乃相與非法教之制聞令下即各以其私學議之入則心非出則巷議非主以為名異趣以為高率羣下以造謗如此不禁則主勢降乎上黨與成乎下禁之便臣請諸有文學詩書百家語者蠲除去之令到滿三十日弗去黥為城旦所不去者醫藥卜筮種樹之書若有欲學法令者以吏為師始皇可其議收去詩書百家之

語以愚百姓使天下無以古非今明法度定律令皆以始皇起同文書治離宫别館周徧天下明年又廵狩外攘四夷斯皆有力焉斯長男由為三川守諸男皆尚秦公主女悉嫁秦諸公子三川守由告歸咸陽斯置酒於家百官長皆前為壽門庭車騎以千數斯喟然而歎曰嗟乎吾聞之荀卿曰物禁太盛夫斯乃上蔡布衣閭巷之黔首上不知其駑下遂擢至此當今人臣之位無居臣上者可謂富貴極矣物極則衰吾未知所稅駕也始

皇三十七年十月行出游會稽並海上北抵琅邪丞相斯中車府令趙高兼行符璽令事皆從始皇有二十餘子扶蘇以數直諫上上使監兵上郡蒙恬為將少子胡亥愛請從上許之餘子莫從其年七月始皇帝至沙丘病甚令趙高為書賜公子扶蘇曰以兵屬蒙恬與喪會咸陽而葬書已封未授使者始皇崩書及璽皆在趙高所獨子胡亥丞相斯趙高及幸官者五六人知始皇崩餘羣臣皆莫知也斯以為上在外崩無真太子故秘之

置始皇居轀輬車中百官奏事上食如故宦者輙從轀輬車中可諸奏事趙高因留所賜扶蘇璽書而謂公子胡亥曰上崩無詔封王諸子而獨賜長子書長子至即立為皇帝而子無尺寸之地為之柰何胡亥曰固也吾聞之明君知臣明父知子父捐命不封諸子何可言者趙高曰不然方今天下之權存亡在子與高及丞相耳願子圖之且夫臣人與見臣於人制人與見制於人豈可同日道哉胡亥曰廢兄而立弟是不義也不奉父詔

而畏死是不孝也能薄而材譾因人之功是不能也三者逆德天下不服身殆傾危社稷不血食高曰臣聞湯武殺其主天下稱義焉不為不忠衛君殺其父而衛國載其德孔子著之不為不孝夫大行不小謹盛德不辭讓鄉曲各有宜而百官不同功胡顧小而忘大後必有害狐疑猶豫後必有悔斷而敢行鬼神避之後有成功願子遂之胡亥喟然歎曰今大行未發喪禮未終豈宜以此事干丞相哉趙高曰時乎時乎間不及謀羸糧躍

馬唯恐後時胡亥既然高之言高曰不與丞相謀恐事
不能成臣請為子與丞相謀之高乃謂斯曰上崩賜長
子書與喪會咸陽而立為嗣書未行今上崩未有知者
也所賜長子書及符璽皆在胡亥所定太子在君侯與
高之口耳事將何如斯曰安得亡國之言此非人臣所
當議也高曰君侯自料能孰與蒙恬功高孰與蒙恬謀
遠不失孰與蒙恬無怨於天下孰與蒙恬長子舊而信
之孰與蒙恬斯曰此五者皆不及蒙恬而君責之何深

也高曰高故内官之厮役也幸得以刀筆之文進入秦宫管事二十餘年未嘗見秦免罷丞相功臣有封及二世者也卒皆以誅亡皇帝二十餘子皆君之所知長子剛毅而武勇信人而奮士即位必用蒙恬為丞相君侯終不懷通侯之印歸於鄉里明矣高受詔教習胡亥使學以法事數年矣未嘗見過失慈仁篤厚輕財重士辯於心而詘於口盡禮敬士秦之諸子未有及此者可以為嗣君計而定之斯曰君其反位斯奉主之詔聽天之

命何慮之可定也高曰安可危也危可安也安危不定
何以貴聖斯曰斯上蔡閭巷布衣也上幸擢為丞相封
為通侯子孫皆至尊位重禄者固將以存亡安危屬臣
也豈可負哉夫忠臣不避死而庶幾孝子不勤勞而見
危人臣各守其職而已矣其勿復言將令斯得罪高曰
葢聞聖人遷徙無常就變而從時見末而知本觀指而
覩歸物固有之安得常法哉方今天下之權命懸於胡
亥高能得志焉且夫從外制中謂之惑從下制上謂之

賊故秋霜降者草花落水搖動者萬物作此必然之效也君何見之晚斯曰吾聞晉易太子三世不安齊桓兄弟爭位身死為戮紂殺親戚不聽諫者國為丘墟遂危社稷三者逆天宗廟不血食斯其猶人哉安足為謀高曰上下合同可以長久中外若一事無表裏君聽臣之計即長有封侯世世稱孤必有喬松之壽孔墨之智今釋此而不從禍及子孫足以為寒心善者因禍為福君何處焉斯乃仰天而嘆垂淚太息曰嗟乎獨遭亂世既

以不能死安託命哉於是斯乃聽高高乃報胡亥曰臣請奉太子之明命以報丞相丞相斯敢不奉令於是乃相與謀詐為受始皇詔丞相立子胡亥為太子更為書賜長子扶蘇曰朕廵天下禱祀名山諸神以延壽命今扶蘇與將軍蒙恬將師數十萬以屯邊十有餘年矣不能進而前士卒多耗無尺寸之功乃反數上書直言誹謗我所為以不得罷歸為太子日夜怨望扶蘇為人子不孝其賜劍以自裁將軍恬與扶蘇居外不匡正宜知

其謀為人臣不忠其賜死以兵屬裨將王離封其書以
皇帝璽遣胡亥客奉書賜扶蘇於上郡使者至發書扶
蘇泣入内舍欲自殺蒙恬止扶蘇曰陛下居外未立太
子使臣將三十萬衆守邊公子為監此天下重任也今
一使者來即自殺安知其非詐請復請而後死未暮也
使者數趣之扶蘇為人仁謂蒙恬曰父而賜子死尚安
復請即自殺蒙恬不肯死使即以屬吏繫於陽周使者
還報胡亥斯高大喜至咸陽發喪太子立為二世皇帝

以趙高為郎中令常侍中用事二世燕居乃召高與謀
事謂曰夫人生居世間譬猶騁六驥過決隙也吾既已
臨天下矣欲悉耳目之所好窮心志之所樂以安宗廟
而樂萬姓長有天下終吾年壽其道可乎高曰此賢主
之所能行也而昏亂主之所禁也臣請言之不敢避斧
鉞之誅願陛下少留意焉夫沙丘之謀諸公子及大臣
皆疑焉而諸公子盡帝兄大臣又先帝之所置也今陛
下初立此其屬意怏怏皆不服恐為變且蒙恬已死蒙

毅將兵居外臣戰戰栗栗唯恐不終且陛下安得為此樂乎二世曰為之奈何趙高曰嚴法而刻刑令有罪者相坐誅至收族滅大臣而遠骨肉貧者富之賤者貴之盡除去先帝之故臣更置陛下之所親信者近之此則陰德歸陛下害除而奸謀塞羣臣莫不被潤澤蒙厚德陛下則高枕肆志寵樂矣計莫出於此二世然高之言乃更為法律於是羣臣諸公子有罪輙下高令鞫治之殺大臣蒙毅等公子十二人僇死咸陽市十公主矺死

於杜財物入於縣官相連坐者不可勝數公子高欲奔恐收族乃上書曰先帝無恙時臣入則賜食出則乘輿御府之衣臣得賜之中廐之寶馬臣得賜之臣當從死而不能為人子不孝為人臣不忠不忠者無名以立於世臣請從死願葬驪山之足唯上幸哀憐之書上胡亥大悅召趙高而示之曰此可謂急乎趙高曰人臣當憂死而不暇何變之得謀胡亥可其書賜錢十萬以葬法令誅罰日益刻深羣臣人人自危欲畔者衆又作阿房

之宮治直馳道賦斂愈重戍徭無已於是楚戍卒陳勝吳廣等乃作亂起於山東傑俊相立自置為侯王叛秦兵至鴻門而卻斯數欲請間諫二世不許二世責問斯曰吾聞於韓子曰堯之有天下也堂高三尺采椽不斲茅茨不翦雖逆旅之宿不勤於此矣冬日鹿裘夏日葛衣粢糲之食藜藿之羹飯土匭啜土鉶雖監門之養不觳於此矣禹鑿龍門通大夏疏九河曲九防決渟水致之海而股無胈脛無毛手足胼胝面目黎黑遂以死於

外葬於會稽臣虜之勞不烈於此矣然則夫所貴於有天下者豈欲苦形勞神身處逆旅之宿口食監門之養手持臣虜之作哉此不肖人之所勉也非賢者之所務也彼賢人之有天下也專用天下適已而已矣此所以貴於有天下也夫所謂賢人者必能安天下而治萬民今身且不能利將惡能治天下哉故吾願肆志廣欲長享天下而無害為之奈何斯子由為三川守羣盜吳廣等西畧地過去弗能禁章邯以破逐廣等兵使者覆案

三川相屬誚讓斯居三公位如何令盜如此斯恐懼重爵禄不知所出乃阿二世意欲求容以書對曰夫賢主者必且能全道而行督責之術者也督責之則臣不敢不竭能以徇其主矣此臣主之分定上下之義明則天下賢不肖莫敢不盡力竭任以徇其君矣是故主獨制於天下而無所制也能窮樂之極矣賢明之主也可不察焉故申子曰有天下而不恣睢命之曰以天下為桎梏者無他焉不能督責而顧以其身勞於天下之民若

堯禹然故謂之桎梏也夫不能脩申韓之道專以天下自適也而徒務苦形勞神以身徇百姓則是黔首之役非畜天下者也何足貴哉夫以人徇已則已貴而人賤以已徇人則已賤而人貴故徇人者賤而人所徇者貴自古及今未有不然者也凡古之所為尊賢者為其貴也而所為惡不肖者為其賤也而堯禹以身徇天下者也因隨而尊之則亦失所為尊賢之心矣夫可謂大繆矣謂之為桎梏不亦宜乎不能督責之過也故韓子曰

慈母有敗子而嚴家無格虜者何也則能罰之加焉必
也故商君之法刑棄灰於道者夫棄灰薄罪也而被刑
重罰也彼唯明主為能深督輕罪夫罪輕且督深而況
有重罪乎故民不敢犯也是故韓子曰布帛尋常庸人
不釋鑠金百鎰盜跖不摶者非庸人之心重尋常之利
深而盜跖之欲淺也又不以盜跖之行為輕百鎰之重
也摶必隨手刑則盜跖不摶百鎰而罰不必行則庸人
不釋尋常是故城高五丈而樓季不輕犯也泰山之高

百仞而跛牂牧其上夫樓季也而難五丈之限豈跛牂也而易百仞之高哉陗塹之勢異也明主聖王之所以能久處尊位長執重勢而獨擅天下之利者非有異道也能獨斷而審督責必深罰故天下不敢犯也今不務所不犯而事慈母之所以敗子也則亦不察於聖人之論矣夫不能行聖人之術則舍為天下役何事哉可不哀耶且夫儉節仁義之人立於朝則荒肆之樂輟矣諫說論理之臣開於側則流漫之志詘矣烈士死節之行

顯於世則淫康之虞廢矣故明主能外此三者而獨操主術以制聽從之臣而脩其明法故身尊而勢重也凡賢主者必將能拂世摩俗而廢其所惡立其所欲故生則有尊重之勢死則有賢明之謚也是以明君獨斷權不在臣也然後能滅仁義之塗掩馳說之口困烈士之行塞聰揜明內獨視聽故外不可傾以仁義烈士之行而內不可奪以諫說忿爭之辯故能犖然獨行恣睢之心而莫之敢逆若此然後可謂能明申韓之術而脩商

君之法法脩術明而天下亂者未之聞也故曰王道約而易操也唯明主為能行之若此則謂督責之成督責成則臣無邪臣無邪則天下安天下安則主嚴尊主嚴尊則督責必督責必則所求得所求得則國家富國家富則君樂豐故督責之術設則所欲無不得矣羣臣百姓救過不給何變之敢圖若此則帝道備而可謂能明君臣之術矣雖申韓復生不能加也書奏二世悅於是行督責益嚴稅民深者為明吏二世曰若此則可謂能

責矣刑者相半於道而死人日成積於市殺人衆者為忠臣二世曰若此可謂能督矣初趙高為郎中令所殺及報私怨衆多恐大臣入朝奏事毀惡之乃說二世曰天子所以貴者但以聞聲羣臣莫得見其面故號曰朕且陛下富於春秋未及盡通諸事今坐朝廷譴舉有不當者則見短於大臣非所以示神明於天下也且陛下深拱禁中與臣及侍中習法者待事事來有以揆之如此則大臣不敢奏疑事天下稱聖主矣二世用其計乃

不坐朝廷見大臣居禁中趙高常侍中用事事皆決於高高聞斯以為言乃見斯曰關東羣盜多今上急益發繇治阿房宮聚狗馬無用之物臣欲諫為位賤此真君侯之事君何不諫斯曰固也吾欲言之久矣今時上不坐朝廷上居深宮吾有所言者不可傳也欲見無閒高曰君誠能諫請為君候上閒語君於是高待二世方燕樂婦人居前使人告丞相上方閒可奏事丞相至宮門上謁如此者三二世怒曰吾常多閒日丞相不來吾方

燕私丞相輙來請事丞相豈少我哉且固我哉高因曰如此殆矣夫沙丘之謀丞相與焉今陛下已立為帝而丞相貴不益此其意亦望裂地而王矣且陛下不問臣臣不敢言丞相長男李由為三川守楚盜陳勝等皆丞相傍縣之子以故楚盜公行過三川城守不肯擊高聞其文書相往來未得其審故未敢以聞且丞相居外權重於陛下二世以為然欲按丞相恐其不審乃使人按驗三川守與盜通狀斯聞之是時二世在甘泉方作觳

抵優俳之觀斯不得見因上書言趙高之短曰臣聞之
臣疑其君無不危國妾疑其夫無不危家今有大臣於
陛下擅利擅害與陛下無異此甚不便昔者司城子罕
相宋身行刑罰以威行之朞年遂刼其君田常為簡公
臣爵列無敵於國私家之富與公家均布惠施德下得
百姓上得羣臣陰取齊國殺宰予於庭即弑簡公於朝
遂有齊國此天下所明知也今高有邪佚之志危反之
行如子罕相宋也私家之富若田氏之於齊也兼行田

常子反之逆道而劫陛下之威信其志若韓玘為韓安相也陛下不圖臣恐其為變也二世曰何哉夫高故宦人也然不為安肆志不以危易心絜行脩善自使至此以忠得進以信守位朕實賢之君疑之何也且朕少失先人無所識知不習治民而君又老恐與天下絶矣朕非屬趙君當誰任哉且趙君為人精廉强力下知人情上能適朕君其勿疑斯曰不然夫高故賤人也無識於理貪欲無厭求利不止列勢次主求欲無窮臣故曰殆

二世已前信高恐斯殺之乃私告高高曰丞相所患者
獨高高已死丞相即欲為田常所為於是二世曰其以
李斯屬郎中令趙高按治斯拘執束縛居囹圄中仰天
而嘆曰嗟乎悲夫不道之君何可為計哉昔者桀殺關
龍逄紂殺王子比干吳王夫差殺伍子胥此三臣者豈
不忠哉然而不免於死身死而所忠者非也今吾智不
及三子而二世之無道過於桀紂夫差吾以忠死宜矣
且二世之治豈不亂哉日者夷其兄弟而自立也殺忠

臣而貴賤人作為阿房之宫賦斂天下吾非不諫也而不吾聽也凡古聖王飲食有節車器有數宫室有度出令造事加費而無益於民利者禁故能長久治安今行逆於昆弟不顧其咎侵殺忠臣不思其殃大為宫室厚賦天下不愛其費三者已行天下不聽令反者已有天下之半矣而心尚未寤也而以趙高為佐吾必見寇至咸陽麋鹿游於朝也於是二世乃使高按丞相獄治罪責斯與子由謀反狀皆收捕宗族賓客趙高治斯榜掠

千餘不勝痛自誣服斯所以不死者自負其辯有功實
無反心幸得上書自陳幸二世之寤而赦之斯乃從獄
中上書曰臣為丞相治民三十餘年矣逮秦地之狹隘
先王之時秦地不過千里兵數十萬臣盡薄材謹奉法
令陰行謀臣資之金玉使游說諸侯陰脩甲兵飭政教
官鬬士尊功臣盛其爵禄故終以脅韓弱魏破燕趙夷
齊楚卒兼六國虜其王立秦為天子罪一矣地非不廣
又北逐胡貊南定百越以見秦之强罪二矣尊大臣盛

其爵位以固其親罪三矣立社稷脩宗廟以明主之賢罪四矣更尅畫平斗斛度量文章布之天下以樹秦之名罪五矣治馳道興游觀以見主之得意罪六矣緩刑罰薄賦斂以遂主得衆之心萬民戴主死而不忘罪七矣若斯之為臣者罪足以死固久矣上幸盡其能力乃得至今願陛下察之書上趙高使吏棄去不奏曰囚安得上書高使其客十餘輩詐為御史謁者侍中更往覆訊斯斯更以其實對輙使人榜之後二世使人驗斯斯

以為如前終不敢更言辭服奏當上二世喜曰微趙君幾為丞相所賣及二世所使按三川之守至則項梁已擊殺之使者來會斯下吏趙高皆妄為反辭二世二年七月具斯五刑論腰斬咸陽市斯出獄與其中子俱執顧謂其中子曰吾欲與若復牽黄犬俱出上蔡東門逐狡兔豈可得乎遂父子相哭而夷三族斯已死二世拜趙高為中丞相事無大小輙決於高高自知權重乃獻鹿謂之馬二世問左右此乃鹿也左右皆曰馬也二世

驚自以為惑乃召太卜令卦之太卜曰陛下春秋郊祀
奉宗廟鬼神齋戒不明故至於此可依盛德而明齋戒
於是乃入上林齋戒日游弋獵有行人入上林中二世
自射殺之趙高教其女壻咸陽令閻樂劾不知何人賊
殺人移上林高乃諫二世曰天子無故賊殺不辜人此
上帝之禁也鬼神不享天且降殃當遠避宮以禳之二
世乃出居望夷之宮留三日高詐詔衛士令士皆素服
持兵內鄉入告二世曰山東羣盗兵大至二世上觀而

見之恐懼高即因刼令自殺引璽而佩之左右百官莫從上殿殿欲壞者三高自知天弗與羣臣不許乃召二世兄子子嬰授之璽子嬰即位患之乃稱疾不聽事與宦者韓談及其子謀殺高高上謁請病因召入令韓談刺殺之夷其三族子嬰立三月沛公兵從武關入至咸陽羣臣百官皆畔不適子嬰與妻子自係其頸以組降軹道旁沛公因以屬吏項王至而斬之遂以亡天下此傳所載趙高殺二世子嬰殺趙高與秦本紀少異兩存之以廣異聞

蘇子曰始皇以詐力兼天下志得意滿諱聞過失李斯燔書詩誦功德以成其氣至其晚節不可告語君老太子在外履危亂之機而莫敢以一言合其父子之親者雖始皇之暴非斯養之不至此也及其事二世知趙高之姦復媮合取容使高勢已成天下已亂乃欲力諫不亦晚乎至於國破家滅非不幸也

古史卷五十六

欽定四庫全書

古史卷五十七

宋　蘇轍　撰

蒙恬列傳第三十四

蒙恬者其先齊人也恬大父驁自齊事秦昭王官至上卿莊襄王元年驁為將伐韓取成皋滎陽置三川郡二年驁攻趙三十七城始皇三年驁攻韓取十三城五年驁攻魏取二十城置東郡七年驁卒驁子曰武二十三年武為秦裨將軍與王翦攻楚大破之殺項燕二十四

年虜楚王武子恬毅恬嘗書獄典文學二十六年恬因家世得為將攻齊大破之拜為內史秦已并天下乃使恬將三十萬衆北逐戎狄收河南築長城因地形制險塞起臨洮至遼東延袤萬餘里於是渡河據陽山逶虵而北暴師於外十餘年居上郡是時恬威振匈奴始皇甚尊寵蒙氏信任賢之而親近毅位至上卿出則參乘入則御前恬任外事而毅常為內謀名為忠信故雖諸將相莫敢與之爭趙高者諸趙疏遠屬也昆弟數人皆

生隱宫其母被刑僇世世卑賤始皇聞高强力通於獄法舉以為中車府令高即私事公子胡亥喻之决獄高有大罪始皇令毅治之毅不敢阿法當高罪死除其宦籍帝以高之敦於事也赦之復其官爵始皇欲游天下道九原直抵甘泉乃使恬通道自九原抵甘泉壍山堙谷千八百里道未就三十七年冬行出游會稽並海上北走琅邪道病使毅還禱山川未反始皇至沙丘崩祕之羣臣莫知是時丞相李斯少子胡亥中車府令趙高

常從高雅得幸於胡亥欲立之又怨毅法治之而不為
已也因有賊心乃與李斯胡亥陰謀立胡亥為太子太
子已立遣使者以罪賜公子扶蘇及恬死扶蘇已死恬
疑而復請之使者以恬屬吏更置胡亥以李斯舍人為
護軍使者還報胡亥已聞扶蘇死即欲釋恬趙高恐蒙
氏復貴而用事怨之毅還至高因為胡亥忠計欲以滅
蒙氏乃言曰臣聞先帝欲舉賢立太子久矣而毅諫曰
不可若知賢而愈不立則是不忠而惑主也以臣愚意

不若誅之胡亥聽而繫殺於代前已囚恬於陽周喪至
咸陽已葬太子立為二世皇帝而趙高親近日夜毀惡
蒙氏求其罪過舉劾之子嬰進諫曰臣聞故趙王遷殺
其良臣李牧而用顏聚燕王喜陰用荆軻之謀而倍秦
之約齊王建殺其故世忠臣而用后勝之議此三君者
皆以變古者失其國而殃及其身今蒙氏秦之大臣謀
士也而主欲一旦棄去之臣竊以為不可臣聞輕慮者
不可以治國獨智者不可以存君誅殺忠臣而立無節

行之人是内使羣臣不相信而外使闘士之意離也臣竊以為不可胡亥不聽而遣御史曲宫乘傳之代令毅曰先主欲立太子而卿難之今丞相以卿為不忠罪及其宗朕不忍乃賜卿死亦甚幸矣卿其圖之毅對曰以臣不能得先主之意則臣少宦順幸没世可謂知意矣以臣不知太子之能則太子獨從周旋天下去諸公子絶遠臣無疑矣夫先主之舉用太子數年之積也臣乃何言之敢諫何慮之敢謀非敢飾辭以避死也為羞累

先主之名願大夫為慮焉使臣得死情實且夫順成全者道之所貴也刑殺者道之所卒也昔者秦繆公殺三良而死罪百里奚而非其罪也故立號曰繆昭襄王殺武安君白起楚平王殺伍奢吳王夫差殺伍子胥此四君者皆為大失而天下非之以其君為不明以是籍於諸侯故曰用道治者不殺無罪而罰不加於無辜唯大夫留心使者知胡亥之意不聽毅言遂殺之二世又遣使者之陽周令恬曰君之過多矣而卿弟毅有大罪法及內

史恬曰自吾先人及至子孫積功信於秦三世矣今臣將兵三十餘萬身雖囚繫其勢足以倍畔然自知必死而守義者不敢辱先人之教以不忘先主也昔周成王初立未離襁褓周公旦負王以朝卒定天下及成王有病甚殆公旦自揃其爪以沈於河曰王未有識是旦執事有罪殃旦受其不祥乃書而藏之記府可謂信矣及王能治國有賊臣言周公旦欲為亂久矣王若不備必有大事王乃大怒周公旦走而奔於楚成王觀於記府

得周公旦沈書乃流涕曰孰謂周公旦欲為亂乎殺言之者而反周公旦故周書曰必參而伍之恬之宗世無二心而事卒如此是必孽臣逆亂内陵之道也夫成王失而復振則卒昌桀殺關龍逢紂殺王子比干而不悔身死則國亡臣故曰過可振而覺也察於參伍上聖之法也凡臣之言非以求免於咎也將以諫而死願陛下為萬民思從道也使者曰臣受詔行法於將軍不敢以將軍言聞於上也恬喟然太息曰我何罪於天無過而

死乎良久徐曰恬罪固當死矣起臨洮屬之遼東城塹萬餘里此其中不能無絶地脉哉此乃恬之罪也乃吞藥自殺

蘓子曰蒙氏為秦吞滅諸侯其所殘暴多矣子孫以無罪戮死此天意也恬以長城之役竭民力斷地脉自知當死而毅以忠信事上自許無罪死而不厭夫媮合取容咎亞李斯此其所以不免者哉然始皇病於琅邪使毅還禱山川至沙丘而崩使毅尚從則趙高李斯㡧適

之謀殆不能發嗚呼天之所廢人謀固無所復施耶

古史卷五十七

欽定四庫全書

古史卷五十八

扁鵲列傳第三十五

扁鵲者勃海鄭人也姓秦氏名越人少時為人舍長舍客長桑君過扁鵲獨奇之常謹遇之長桑君亦知扁鵲非常人也出入十餘年乃呼扁鵲私坐閒與語曰我有禁方年老欲傳與公公毋泄扁鵲曰敬諾乃出其懷中藥與扁鵲飲是以上池之水三十日當知物矣乃悉取

其禁方書盡與扁鵲忽然不見殆非人也扁鵲以其言飲藥三十日視見垣一方人以此視病盡見五藏癥結特以診脉為名耳為醫或在齊或在趙在趙者名扁鵲趙簡子為晉大夫專國事疾五日不知人大夫皆懼於是召扁鵲扁鵲入視病出董安于問之扁鵲曰血脉治也而何怪昔秦穆公嘗如此七日而寤寤之日告公孫支與子輿曰我之帝所甚樂吾所以久者適有所學也帝告我晉國且大亂五世不安其後將霸未老而死霸

者之子且令而國男女無别公孫支書而藏之秦策於
是出夫獻公之亂文公之霸而襄公敗秦師於殽而歸
縱淫此子之所聞今主君之病與之同不出三日必間
間必有言也居二日半簡子寤語諸大夫曰我之帝所
甚樂與百神游於鈞天廣樂九奏萬舞不類三代之樂
其聲動心有一熊欲援我帝命我射中熊熊死有羆來
我又射之中羆羆死帝甚喜賜我二笥皆有副吾見兒
在帝側帝屬我一翟犬曰及而子之壯也以賜之帝告

我晉國且世衰七世而亡嬴姓將大敗周人於范魁之西而亦不能有也董安于受言書而藏之以扁鵲言告簡子簡子賜扁鵲田四萬畝其後扁鵲過虢虢太子死扁鵲至虢宫門下問中庶子喜方者曰太子何病國中治穰過於衆事中庶子曰太子病氣血不時交錯而不得泄暴發於外則為中害精神不能止邪氣邪氣畜積而不得泄是以陽緩而陰急故暴蹷而死扁鵲曰其死何如時曰雞鳴至今曰收乎曰未也其死未能半日也言

臣齊勃海秦越人也家在於鄭未嘗得望精光侍謁於
前也聞太子不幸而死臣能生之中庶子曰先生得無
誕乎何以言太子可生也臣聞上古之時醫有俞跗治
病不以湯液醴灑鑱石撟引案杌毒熨一撥見病之應
因五藏之輸乃割皮解肌訣脉結筋搦髓腦揲荒爪幕
湔浣腸胃漱滌五藏練精易形先生之方能若是則太
子可生也不能若是而欲生之曾不可以告咳嬰之兒
扁鵲仰天嘆曰夫子之為方也若以管窺天以郄視文

越人之為方也不待切脉望色聽聲寫形言病之所在聞病之陽論得其陰聞病之陰論得其陽病應見於大表不出千里決者至衆不可曲止也子以吾言為不誠試入診太子當聞其耳鳴而鼻張循其兩股以至於陰當尚溫也中庶子聞扁鵲言目眩然而不瞚舌撟然而不下乃以扁鵲言入報虢君虢君聞之大驚出見扁鵲於中闕曰竊聞高義之日久矣然未嘗得拜謁於前也先生過小國幸而舉之偏國寡臣幸甚有先生則活無

先生則棄捐填溝壑長終而不得反言未卒因嘘唏服
臆魂精泄横流涕長潸忽忽承映悲不能自止容貌變
更扁鵲曰若太子病所謂尸蹷者也夫以陽入陰中動
胃纏緣中經維絡别下於三焦膀胱是以陽脉下遂陰
脉上争會氣閉而不通陰上而陽内行下内鼓而不起
上外絶而不為使上有絶陽之絡下有破陰之紐破陰
絶陽之色已廢脉亂故形静如死狀太子未死也夫以
陽入陰支蘭藏者生以陰入陽支蘭藏者死凡此數事

皆五藏蹷中之時暴作也良工取之拙者疑殆扁鵲乃
使弟子子陽厲鍼砥石以取外三陽五會有間太子蘇
乃使子豹為五分之熨以八減之齊和煮之以更熨兩
脅下太子起坐更適陰陽但服湯二旬而復故故天下
盡以扁鵲為能生死人扁鵲曰越人非能生死人也此
自當生者越人能使之起耳扁鵲過齊齊桓侯客之入
朝見曰君有疾在腠理不治將深桓侯曰寡人無疾扁
鵲出桓侯謂左右曰醫之好利也欲以不疾者為功後

五日扁鵲復見曰君有疾在血脉不治恐深桓侯曰寡人無疾扁鵲出桓侯不悦後五日扁鵲復見曰君有疾在腸胃閒不治將深桓侯不應扁鵲出桓侯不悦後五日扁鵲復見望見桓侯而退走桓侯使人問其故扁鵲曰疾之居腠理也湯熨之所及也在血脉鍼石之所及也其在腸胃酒醪之所及也其在骨髓雖司命無奈之何今在骨髓臣是以無請也後五日桓侯體病使人召扁鵲扁鵲已逃去桓侯遂死使聖人豫知微能使良醫

得蚤從事則疾可已身可活也人之所病病疾多而醫之所病病道少故病有六不治驕恣不論於理一不治也輕身重財二不治也衣食不能適三不治也陰陽并藏氣不定四不治也形羸不能服藥五不治也信巫不信醫六不治也有此一者則重難治也扁鵲名聞天下過邯鄲聞貴婦人即為帶下醫過雒陽聞周人愛老人即為耳目痺醫來入咸陽聞秦人愛小兒醫隨俗為變秦太醫令李醯自知伎不如扁鵲也使人刺殺之至今

天下言脉者由扁鵲也

蘓子曰予於趙世家削簡子之夢黜扁鵲之說以為為國不可以語怪及扁鵲列傳則具載其說曰世或有是不足怪也葢孔子作春秋非人事不書而左丘明所記鬼神變怪世所共傳者録之無疑世有達者當辨此耳扁鵲見趙簡子齊桓侯而中有虢公之事虢之亡在春秋之初而趙簡子在春秋之末齊桓侯復次其後或疑其說之妄然戰國之際薛亡久矣而孟嘗君稱薛公安知是時無虢公者哉

古史卷五十八

欽定四庫全書

古史卷五十九　　　　宋　蘇轍　撰

刺客列傳第三十六

專諸者吳堂邑人也伍子胥之亡楚而如吳也知專諸之能子胥既見王僚說以伐楚之利公子光曰彼伍員父兄皆死於楚而言伐楚欲自為報讎也非能為吳吳王乃止子胥知光之欲殺王僚乃曰彼光將有內志未可說以外事乃進專諸於光光既得專諸善客待之十

二年而楚王死王僚因楚喪使其二弟公子蓋餘屬庸將兵圍楚之潛使季子於晉以觀諸侯之變楚發兵絶吳兵不得還於是光謂專諸曰此時不可失不求何獲且光真王嗣當立季子雖來不吾廢也專諸曰王僚可殺也母老子弱而兩弟將兵伐楚楚絶其後方今吳外困於楚而内空無骨鯁之臣是無如我何光頓首曰光之身子之身也四月丙子光伏甲士於窟室中而具酒請王僚王僚使兵陳自宫至光之家門戶階陛左右皆

王僚之親戚也夾立侍皆持長鈹酒既酣光詳為足疾入窟室中使專諸置匕首魚炙之腹中而進之既至王前專諸擘魚以匕首刺王僚立死左右亦殺專諸王人擾亂光出其伏甲以攻王僚之徒盡滅之遂自立為王是為闔閭闔閭乃封專諸子以為上卿

豫讓者晉大夫畢陽之孫也故嘗事范中行氏而無所知名去而事智伯甚尊寵之及智伯伐趙襄子與韓魏合謀滅智伯而三分其地趙襄子最怨智伯漆其頭以

為飲器讓遁逃山中曰嗟乎士為知己者死女為說己者容今智伯知我我必為報讎而死乃變名姓為刑人入宮塗厠中挾匕首欲以刺襄子襄子如厠心動執問塗厠中刑人則豫讓內持兵曰欲為智伯報仇左右欲誅之襄子曰彼義人也吾謹避之耳且智伯亡無後而其臣欲為報仇此天下之賢人也卒釋去之居頃之讓又漆身為厲吞炭為啞使形狀不可知行乞於市其妻不識也行見其友其友識之曰汝非豫讓邪曰我是也

其友為泣曰以子之才委質而臣趙氏彼必近幸子乃為所欲顧不易邪何乃殘身苦形欲以求報不亦難乎讓曰既以委質臣事人而求殺之是懷二心以事其君也且吾所為者極難耳然所以為此者將以愧天下後世之為人臣懷二心以事其君者也頃之襄子當出讓伏於所當過之橋下襄子至橋馬驚襄子曰此必豫讓也使人問之果豫讓於是襄子乃數讓曰子不嘗事范中行氏乎智伯盡滅之而子不為報讎而反委質臣於智

伯智伯亦已死矣而子獨何以為之報讎之深也讓曰
臣事范中行氏范中行氏皆衆人遇我我故衆人報之
至於智伯國士遇我我故國士報之襄子喟然歎息而
泣曰嗟乎豫子子之為智伯名既成矣而吾赦子亦已
足矣子其自為計吾不復釋子使兵圍之讓曰臣聞明
主不欲掩人之美而忠臣有死名之義前君已寬赦臣
天下莫不稱君之賢今日之事臣固伏誅然願請君之
衣而擊之以致報讎之意則雖死不恨非所敢望也於

是襄子大義之乃使使持衣與讓讓拔劍三躍而擊之
曰吾可以下報智伯矣遂伏劍自殺死之日趙國志士
聞之皆為涕泣
聶政者軹深井里人也殺人避仇與母姊如齊以屠為
事久之濮陽嚴仲子事韓哀侯與韓相俠累有卻仲子
恐誅亡去游求人可以報俠累者至齊齊人或言聶政
勇敢士也避仇隠於屠者之閒仲子至門請數反然後
具酒聶政母前酒酣奉黄金百鎰前為政母壽政驚怪

其厚固謝仲子仲子固進而政謝曰臣幸有老母家貧客游以為狗屠可以旦夕得甘毳以養親親供養備不敢當仲子之賜仲子辟人因為政言曰臣有仇而游諸侯衆矣然至齊竊聞足下義甚高故進百金者將用為夫人麤糲之費得以交足下之歡豈敢以有求望耶政曰臣所以降志辱身居市井屠者徒幸以養老母老母在政身未敢以許人也仲子固讓政竟不肯受也然仲子卒備賓主之禮而去久之政母死既已葬除服政曰

嗟乎政乃市井之人鼓刀以屠而嚴仲子乃諸侯之卿相也不遠千里枉車騎而交臣臣之所以待之至淺鮮矣未有大功可以稱者而仲子奉百金為親壽我雖不受然是者徒深知政也夫賢者以感忿睚眦之意而親信窮僻之人而政獨安得嘿然而已乎且前日要政政徒以老母老母今以天年終政將為知已者用乃遂西至濮陽見仲子曰所以不許仲子者徒以親在今不幸而以天年終仲子所欲報仇者為誰請得從事焉仲子

具告曰臣之仇韓相俠累俠累又韓君之季父也宗族盛多居處兵衛甚設臣欲使人刺之衆終莫能就今足下幸而不棄請益其車騎壯士可為足下輔翼者政曰韓之與衛相去中間不甚遠今殺人之相相又國君之親此其勢不可以多人多人不能無生得失則語泄語泄是韓舉國而與仲子為讎豈不殆哉遂謝車騎人徒獨行杖劒至韓韓相俠累方坐府上持兵戟而衛侍者甚衆政直入上堦刺殺俠累左右大亂政大呼所擊殺

者數十人因自皮面抉眼自屠出腸遂以死韓取政屍
暴於市購問莫知誰子於是韓購縣之有能言殺相俠
累者予千金久之莫知也政姊榮聞人有刺殺韓相者
賊不得國不知其名姓暴其尸而縣之千金乃於邑曰
其是吾弟與嗟乎嚴仲子知吾弟立起如韓之市而死
者果政也伏屍哭極哀曰是軹深井里所謂聶政也市
行者皆曰此人暴虐吾國相王縣購其名姓千金夫人
不聞與何敢來識之也榮應之曰聞之然政所以蒙汚

辱自棄於市販之閒者為老母幸無恙妾未嫁也親既以天年下世妾已嫁夫嚴仲子乃察舉吾弟困汙之中而交之澤厚矣可奈何士固為知已者死今乃以妾尚在之故重自刑以絕從妾其奈何畏没身之誅終滅賢弟之名大驚韓市人乃大呼天者三卒於邑悲哀而死政之旁晉楚齊衛聞之皆曰非獨政能也乃其姊亦烈女也鄉使政誠知其姊無濡忍之志不重暴骸之難必絕險千里以列其名姊弟俱僇於韓市者亦未必敢以

身許嚴仲子也嚴仲子亦可謂知人能得士矣

荆軻者衛人也其先乃齊人徙於衛衛人謂之慶卿而之燕燕人謂之荆卿荆卿好讀書擊劒以術說衛元君衛元君不用軻嘗游過榆次與蓋聶論劒蓋聶怒而目之軻出人或言復召荆卿蓋聶曰曩者吾與論劒有不稱者吾目之試往是宜去不敢留使使往之主人荆卿則已駕而去榆次矣使者還報蓋聶曰固去也吾曩者目攝之軻游於邯鄲魯句踐與軻博爭道句踐怒而叱

之軻嘿而逃去遂不復會軻既至燕愛燕之狗屠及善擊筑者高漸離軻嗜酒日與狗屠及高漸離飲於燕市酒酣以往高漸離擊筑軻和而歌於市中相樂也已而相泣旁若無人者軻雖游於酒人乎然其為人沈深好書其所游諸侯盡與其賢豪長者相結其之燕燕之處士田光先生亦善待之知其非庸人也居頃之會燕太子丹質秦亡歸丹故嘗質於趙而秦王政生於趙其少時與丹歡及政立為秦王而丹質於秦秦王遇丹不善

故丹怨而亡歸歸而求爲報秦王者國小力不能其後秦日出兵山東以伐齊楚三晉稍蠶食諸侯且至於燕燕君臣皆恐禍之至丹患之問其傅鞠武武對曰秦地徧天下威脅韓魏趙氏北有甘泉谷口之固南有涇渭之沃擅巴漢之饒右隴蜀之山左關殽之險民衆而士厲兵革有餘意有所出則長城之南易水以北未有所定也奈何以見陵之怨欲批其逆鱗哉丹曰然則何由對曰請入圖之居有間秦將樊於期得罪於秦王亡之

燕丹受而舍之鞠武諫曰不可夫以秦王之暴而積怒於燕足為寒心又況聞樊將軍之所在乎是謂委肉當餓虎之蹊也禍必不振矣雖有管晏不能為之謀也願太子疾遣樊將軍入匈奴以滅口請西約三晉南連齊楚北購於單于其後廼可圖也丹曰太傅之計曠日彌久心惛然不能須臾且非獨於此也夫樊將軍窮困於天下歸身於丹丹終不以廹於強秦而棄所哀憐之交置之匈奴是固丹命卒之時也願太傅更慮之鞠武

曰夫行危而求安造禍而求福計淺而顧深連結一人之後交不顧國家之大害此謂資怨而助禍矣夫以鴻毛燎於爐炭之上必無事矣且以鵰鷙之秦行怨暴之怒豈足道哉燕有田光先生其為人智深而勇沈可與謀丹曰願因太傅而得交於田先生可乎鞠武曰敬諾出見田先生道太子願圖國事於先生也光曰敬奉教乃造焉丹逢迎卻行為道跪而蔽席光坐定左右無人丹避席而請曰燕秦不兩立願先生留意也光曰臣聞

騏驥盛壯之時一日而馳千里至其衰老駑馬先之今太子聞光壯盛之時不知臣精已消亡矣雖然光不敢以圖國事所善荆卿可使也丹曰願因先生得結交於荆卿可乎光曰敬諾即起趨出丹送至門戒曰丹所報先生所言者國之大事也願先生勿泄也光俛而笑曰諾傴行見荆卿曰光與子相善燕國莫不知今太子聞光壯盛之時不知吾形已不逮也幸而敎之曰燕秦不兩立願先生留意也光竊不自外言足下於太子也願

足下過太子於宫軻曰謹奉敎光曰吾聞之長者為行
不使人疑今太子告光曰所言者國之大事也願先生
勿泄是太子疑光也夫為行而使人疑之非節侠也欲
自殺以激荆卿曰願足下急過太子言光已死明不言
也因遂自刎而死軻遂見丹言田光已死致光之言丹
再拜而跪膝行流涕有頃而後言曰丹所以誡田先生
毋言者欲以成大事之謀也今田先生以死明不言豈
丹之心哉軻坐定丹避席頓首曰田先生不知丹之不

肖使得至前敢有所道此天之所以哀燕而不棄其孤也今秦有貪利之心而欲不可足也非盡天下之地臣海内之王者其意不厭今秦已虜韓王盡納其地又舉兵南伐楚北臨趙王翦將數十萬之衆距漳鄴而李信出太原雲中趙不能支秦必入臣入臣則禍至燕燕小弱數困於兵今計舉國不足以當秦諸侯服秦莫敢合從丹之私計愚以為誠得天下之勇士使於秦窺以重利秦王貪其勢必得所願矣誠得刼秦王使悉反諸侯

侵地若曹沫之與齊桓公則大善矣則不可因而刺殺之彼秦大將擅兵於外而内有亂則君臣相疑以其間諸侯得合從其破秦必矣此丹之上願而不知所委命唯荆卿留意焉久之荆軻曰此國之大事也臣駑下恐不足任使太子前頓首固請毋讓然後許諾於是尊荆卿為上卿舍上舍日造門下供太牢具異物間進車騎美女恣軻所欲以順適其意久之軻未有行意秦將王翦破趙虜趙王盡收入其地進兵北畧地至燕南界丹

恐懼乃請軻曰秦兵旦暮渡易水則雖欲長侍足下豈可得哉軻曰微太子言臣願謁之今行而無信則秦未可親也夫樊將軍秦王購之金千斤邑萬家誠得樊將軍首與燕督亢之地圖奉獻秦王秦王必説見臣臣乃得有以報丹曰樊將軍窮困來歸丹丹不忍以己之私而傷長者之意願足下更慮之軻知太子不忍乃遂私見樊於期曰秦之遇將軍可謂深矣父母宗族皆為戮没今聞購將軍首金千斤邑萬家將奈何於期仰天太

息流涕曰於期每念之常痛於骨髓顧計不知所出耳軻曰今有一言可以解燕國之患報將軍之仇者何如於期乃前曰為之奈何軻曰願得將軍之首以獻秦王秦王必喜而見臣臣左手把其袖右手揕其胷然則將軍之仇報而燕見陵之愧除矣將軍豈有意乎樊於期偏袒搤捥而進曰此臣之日夜切齒腐心也乃今得聞教遂自到丹聞之馳往伏屍而哭極哀既已不可奈何乃遂盛樊於期首函封之於是丹豫求天下之利匕首

得趙人徐夫人匕首取之百金使工以藥焠之以試人血濡縷人無不立死者乃裝為遣荆卿燕國有勇士秦舞陽年十三殺人人不敢忤視乃令秦舞陽為副軻有所待欲與俱其人居遠未來而為治行頃之未發丹遲之疑其改悔乃復請曰日已盡矣荆卿豈有意哉丹請得先遣秦舞陽軻怒叱丹曰何太子之遣往而不返者豎子也且提一匕首入不測之强秦僕所以留者待吾客與俱今太子遲之請辭決矣遂發丹及賔客知其事

者皆白衣冠以送之至易水之上既祖取道高漸離擊筑軻和而歌為變徵之聲士皆垂淚涕泣又前而為歌曰風蕭蕭兮易水寒壯士一去兮不復還復為羽聲慷慨士皆瞋目髪盡上指冠於是軻就車而去終已不顧遂至秦持千金之資幣物厚遺秦王寵臣中庶子蒙嘉嘉為先言於秦王曰燕王誠振怖大王之威不敢舉兵以逆軍吏願舉國為内臣比諸侯之列給貢職如郡縣而得奉守先王之宗廟恐懼不敢自陳謹斬樊於期之

頭及獻燕督亢之地圖函封燕王拜送於庭使使以聞大王唯大王命之秦王聞之大喜乃朝服設九賔見燕使者咸陽宫軻奉樊於期頭函而秦舞陽奉地圖匣以次進至陛舞陽色變振恐羣臣怪之軻顧笑舞陽前謝曰北蕃蠻夷之鄙人未嘗見天子故振慴願大王少假借之使得畢使於前秦王謂軻曰取舞陽所持地圖軻既取圖奏之秦王發圖圖窮而匕首見因左手把秦王之袖而右手持匕首揕之未至身秦王驚自引而起袖

絶拔劒劒長操其室時惶急劒堅故不可立拔荆軻逐
秦王秦王環柱而走羣臣皆愕卒起不意盡失其度而
秦法羣臣侍殿上者不得持尺寸之兵諸郎中執兵皆
陳殿下非有詔召不得上方急時不及召下兵以故軻
乃逐秦王而卒惶急無以擊軻而以手共搏之是時侍
醫夏無且以其所奉藥囊提荆軻也秦王方環柱走不
知所為左右乃曰王負劒遂拔以擊荆軻斷其左股荆
軻廢乃引其匕首以擿秦王不中中銅柱秦王復擊軻

軻被八創軻自知事不就倚柱而笑箕踞以駡曰事所以不成者以欲生刼之必得約契以報太子也於是左右既前殺軻秦王不怡者良久已而論功賞羣臣及當坐者各有差而賜夏無且黄金二百鎰曰無且愛我乃以藥囊提荆軻也於是秦王大怒益發兵詣趙詔王翦軍以伐燕十月而拔薊城燕王喜太子丹等盡率其精兵東保於遼東秦將李信追擊燕王急代王嘉乃遺燕王喜書曰秦所以尤追燕急者以太子丹故也今王誠

殺丹獻之秦王秦王必觧而社稷幸得血食其後李信
追丹丹匿衍水中燕王乃使使斬太子丹欲獻之秦秦
復進兵攻之後五年秦卒滅燕虜燕王喜其明年秦并
天下立號為皇帝於是秦逐太子丹荆軻之客皆亡高
漸離變名姓為人庸保匿作於宋子久之作苦聞其家
堂上客擊筑傍徨不能去每言彼有善有不善從者以
告其主曰彼庸乃知音竊言是非家丈人召使前擊筑
一坐稱善賜酒漸離念久隱畏約無窮時乃退出其裝

匣中筑與其善衣更容貌而前舉坐客皆驚下與抗禮
以為上客使擊筑而歌客無不流涕而去者宋子傳客
之聞於始皇召見人有識者乃曰高漸離也始皇惜其
善擊筑重赦之乃矐其目使擊筑未甞不稱善稍益近
之漸離乃以鉛置筑中復進得近舉筑扑秦皇帝不中
於是遂誅漸離終身不復近諸侯之人魯句踐已聞荆
軻之刺秦王私曰甚矣吾不知人也曩者吾叱之彼乃
以我為非人也

蘇子曰周衰禮義不明而小人奮身以犯上相夸以為賢孔子疾之齊豹以衛司寇殺衛侯之兄縶蔡公孫翩以大夫弒其君申春秋皆以盜書而不名所謂求名而不得者也太史公傳刺客凡五人皆豹翩之類耳而其稱之不容口失春秋之意矣獨豫讓為舊君報趙襄子有古復讎之義如荆軻刺秦始皇雖始皇以强暴失天下心聞者快之要以盜賊乗人主不意法不可長也至曹沬之事予以左氏考之魯莊公十年沬始以謀干莊

公公用之敗齊於長勺自是魯未嘗敗十三年而會齊
侯於柯安得所謂三戰三敗沫以匕首刼齊桓求侵地
者哉始公羊髙釆異說載沫事於春秋後戰國游士多
稱沫以為口實而實非也莊公之禦齊沫問所以戰以
小惠小信為不足恃唯忠為可以一戰沫葢知義者也
而肯以其身為刺客之用乎春秋宋楚盟於城下齊魯
盟於夾谷皆以要盟不書書平及會而已使沫信以匕
首刼桓公得非要盟乎而春秋書公會齊侯盟於柯足

以知其非要盟也是以削去曹沫而録其四人然亦非所謂賢也

古史卷五十九

欽定四庫全書

古史卷六十

宋　蘇轍　撰

滑稽列傳第三十七

優孟者故楚之樂人也長八尺多辯常以談笑諷諫楚莊王之時有所愛馬衣以文繡置之華屋之下席以露牀啗以棗脯馬病肥死使羣臣喪之欲以棺槨大夫禮葬之左右爭之以為不可王下令曰有敢以馬諫者罪至死優孟聞之入殿門仰天大哭王驚而問其故優孟

曰馬者王之所愛也以楚國堂堂之大何求不得而以大夫禮葬之薄請以人君禮葬之王曰何如對曰臣請以彫玉為棺文梓為槨楩楓豫章為題湊發甲卒為穿壙老弱負土齊趙陪位於前韓魏翼衛其後廟食太牢奉以萬户之邑諸侯聞之皆知大王賤人而貴馬也王曰寡人之過一至此乎為之奈何孟曰請為大王六畜葬之以壠竈為槨銅歷為棺齎以薑棗薦以木蘭祭以粳稻衣以火光葬之於人腹腸於是王乃使以馬屬太

官無令天下久聞也楚相孫叔敖知其賢人也善待之病且死屬其子曰我死汝必貧困若往見優孟言我孫叔敖之子也居數年其子窮困負薪逢優孟與言曰我孫叔敖之子也父且死時屬我貧困往見優孟孟曰若無遠有所之即為孫叔敖衣冠抵掌談語歲餘像孫叔敖楚王及左右不能別也莊王置酒孟前為壽莊王大驚以為孫叔敖復生也欲以為相孟曰請歸與婦計之三日而為相莊王許之三日後孟復來王曰婦言謂何孟

曰婦言慎無為楚相不足為也如孫叔敖之為楚相盡忠為廉以治楚楚王得以霸今死其子無立錐之地貧困負薪以自飲食必如孫叔敖不如自殺因歌曰山居耕田苦難以得食起而為吏身貪鄙者餘財不顧恥辱身死家室富又恐受賕枉法為姦觸大罪身死而家滅貪吏安可為也念為廉吏奉法守職竟死不敢為非廉吏安可為也楚相孫叔敖持廉至死方今妻子窮困負薪而食不足為也於是莊王謝優孟乃召孫叔敖子封

之寢丘四百戸以奉其祀後十世不絶也

西門豹事魏文侯為鄴令初到鄴會長老問民所疾苦長老曰苦為河伯娶婦以故貧豹問其故對曰鄴三老廷掾常歲賦斂百姓收取其錢得數百萬用其二三十萬為河伯娶婦與祝巫共分其餘錢持歸當其時巫行視小家女好者云是當為河伯婦即娉取洗沐之為治新繒綺縠衣閒居齋戒為治齋宫河上張緹絳帷女居其中為具牛酒飯食行十餘日共粉飾之如嫁女牀席

令女居其上浮之河中始浮行數十里乃沒人家有好
女者恐大巫祝為河伯取之以故多持女遠逃亡以故
城中益空無人又困貧所從來久遠矣民人俗語曰即
不為河伯娶婦水來漂溺其人民云豹曰至河伯娶婦
時願三老巫祝父老送女河上幸來告語之吾往送女
皆曰諾至其時豹往會之河上三老官屬豪長者父老
皆會人民往觀者三二千人其巫老女子也已年七十
弟子女十人所皆衣繒單衣立大巫後西門豹曰呼河

伯婦來視其好醜即將女出帷中來至前豹視之顧謂
三老巫祝父老曰是女子不好煩大巫嫗為入報河伯
得更求好女後日送之即使吏卒共抱大巫嫗投之河
中有頃曰巫嫗何久也弟子趣之復以弟子一人投河
中有頃曰弟子何久也復使一人趣之復投一弟子河
中凡投三弟子豹曰巫嫗弟子女子也不能白事煩三
老為入白之復投三老河中西門豹簪筆磬折嚮河立
待良久長老吏旁觀者皆驚恐豹顧曰巫嫗三老不來

奈之何欲復使廷掾與豪長者一人入趣之皆叩頭且破額血流地色如死灰豹曰諾且留待之須臾須臾豹曰廷掾起矣狀河伯留客之久若皆罷去歸矣鄴吏民大驚恐從是以後不敢復言為河伯娶婦豹即發民鑿十二渠引河水灌民田當其時民治渠少煩苦不欲也豹曰民可以樂成不可與慮始今父老子弟雖患苦我然百歲後其令父老子孫思我言其後皆得水利民人以給足十二渠經絶馳道漢世長吏或以為十二渠橋

絶馳道相比近不可欲合三渠為一橋鄴民人父老不肯聽以為西門君所為不可更也長吏終聽置之傳曰子產治鄭民不能欺子賤治單父民不忍欺西門豹治鄴民不敢欺豹雖不若子產子賤然要為賢大夫矣

淳于髡者齊之贅壻也長不滿七尺滑稽多辯數使諸侯不能屈辱齊威王喜隱好為淫樂長夜之飲沈湎不治委政卿大夫百官荒亂諸侯並侵國且危亡左右莫敢諫髡說之以隱曰國有大鳥止王之庭三年不蜚又

不鳴王知此何鳥也王曰此鳥不飛則已一飛沖天不鳴則已一鳴驚人於是乃朝諸縣令長七十二人賞一人誅一人奮兵而出諸侯振驚皆還齊侵地威行三十六年威王八年楚大發兵加齊齊王使淳于髡之趙請救兵齎金百斤車馬十駟淳于髡仰天大笑冠纓索絶王曰先生少之乎髡曰何敢王曰笑豈有説乎髡曰今者臣從東方來見道傍有禳田者操一豚蹄酒一盂而祝曰甌窶滿篝汙邪滿車五穀蕃熟穰穰滿家臣見

其所持者狹而所欲者奢故笑之於是威王乃益齎黄金千鎰白璧十雙車馬百駟髠辭而行至趙趙王與之精兵十萬革車千乗楚聞之夜引兵而去威王大説置酒後宫召髠賜之酒問曰先生能飲幾何而醉髠對曰臣飲一斗亦醉一石亦醉威王曰先生飲一斗而醉惡能飲一石哉其説可得聞乎髠曰賜酒大王之前執法在傍御史在後恐懼俯伏而飲不過一斗徑醉矣若親有嚴客髠帣鞲鞠𦝫侍酒於前時賜餘瀝奉觴上壽數

起飲不過二斗徑醉矣若朋友交游久不相見卒然相覩歡然道故私情相語飲可五六斗徑醉矣若乃州閭之會男女雜坐行酒稽留六愽投壺相引為曹握手無罸目眙不禁前有墮珥後有遺簪髡竊樂此飲可八斗而醉二參日暮酒闌合尊促坐男女同席履舄交錯杯盤狼籍堂上燭滅主人留髡而送客羅襦襟解微聞薌澤當此之時髡心最歡能飲一石故曰酒極則亂樂極則悲萬事盡然言不可極極之而衰齊王曰善乃罷長

夜之飲以髠為諸侯主客宗室置酒髠常在側
優旃者秦倡朱儒也善為笑言然合於義理始皇置酒
而天雨陛楯者皆沾寒旃見而哀之謂之曰汝欲休乎
陛楯者皆曰幸甚優旃曰我即呼汝汝疾應曰諾居有
頃殿上上壽呼萬歲旃臨檻大呼曰陛楯郎郎曰諾旃
曰汝雖長何益幸雨立我雖短也幸休居於是始皇使
陛楯者得半相代始皇嘗議欲大苑囿東至函谷關西
至雍陳倉旃曰善多縱禽獸於其中寇從東方來令麋

鹿觸之足矣始皇以故輟止二世立又欲漆其城旃曰善主上雖無言臣固將請之漆城雖於百姓愁費然佳哉漆城蕩蕩冦來不能上即欲就之易為漆耳顧難為蔭室於是二世笑之以其故止居無何二世殺死旃歸漢數年而卒

穮子曰太史公傳滑稽三人褚先生一人皆以優笑有益於事故并録之然西門豹古循吏非滑稽者也特以止河伯娶婦事發於俳故巧而捷是以載之滑稽而實

非也太史公以齊威王事先楚莊今既正之然優孟語稱齊趙韓魏葢戰國記事者粉澤之過耳

古史卷六十

予少好讀詩春秋皆為之集傳讀太史公書質之詩書左氏戰國策知其未能詳復而遽以為書亦欲正之而未暇也元豐中以罪謫高安五年不得調職雖賤且冗而予僚許以間暇乃以其間終緝二傳刋正古史得七本紀十世家七列傳功未及究也七年九月得邑於歙明年至邑而病寒熱殆不能起病愈蒙恩召還為諫官又明年改元元祐遂以愚闇進當要劇與聞國政而性弱才短日不

遑給回視舊學常恐終身不能復就也九年三月始以罪黜守臨汝不數月復降守富春行至彭澤復以少府監分司南京而居高安往來之間凡十有一年太守柳君平年老更事憐予遠來其吏民亦知予疇昔之無害也相與安之於城東南隈得民居十數間葺而居之逾月而定借書於州學不足者求之諸生以續古史之缺明年三月而成凡六十卷發子十年所欲成就者俛仰而得堯舜三

代之遺意太史公之所不喻者於此而明戰國君
臣得失成敗之迹太史公之所脫遺者於此而足
非閒廢有所不暇者也時季子遜侍予紬繹往牒
知予去取之意舉為之注後世可攷焉紹聖二年
三月二十五日眉山蘓轍子由志